末端将軍の希《まれ》なる花嫁
The noble bride of the marginal general
没落した姫君との幸せな政略結婚

末端将軍の希なる花嫁
没落した姫君との幸せな政略結婚

雨咲はな

illustration whimhalooo

ICHIJINSHA IRIS NEO

CONTENTS

この作品はフィクションです。
実際の人物・団体・事件などには関係ありません。

末端将軍の希なる花嫁　没落した姫君との幸せな政略結婚

プロローグ

突然の王命で、俺の結婚が決まった。

いきなり見ず知らずの女性を妻に迎えることになった俺に向けられる周囲の目は、どれもこれも、同情に満ち満ちていた。

「いやあー、おまえってやつは、本当にどこまでも不運な男だよなあ」

その最たる例が、同じ第六軍に所属するマースである。

マース・クレルクが率いる「クレルク隊」と、レオ・ヴェルフ――つまり俺だが――率いる「ヴェルフ隊」は、第六軍の中でずっと共闘したり張り合ったりして、共に研鑽《けんさん》を重ねてきた間柄だ。

つまりマースは俺の同僚で、仲間で、良きライバルで、かけがえのない戦友、ということになる。

少し前から事情が変わり、マースは俺の「部下」という立場になってしまったが、彼の態度は昔とまったく変わらず、いやむしろ、その目に表れる憐《あわ》れみの色は日ごとに濃くなっていく一方だった。

「いきなり第六軍の将軍職を押しつけられたと思ったら、今度は配偶者かあ～。不遇なおまえに、せめて可愛《かわい》い恋人でもできたらいいなと思ってたら、それをすっ飛ばして今度はいきなり妻を決められちまったのかあ～。可哀想《かわいそう》、本当に可哀想だなあ～」

慰めるように俺の肩をぽんぽんと叩《たた》くマースの表情は、嫌味や皮肉などカケラもなく、心の底から

「可哀想」という同情のみに占められている。

だからこそ余計に腹が立って、俺はじろりと元同僚で現部下のその男を睨《にら》みつけた。

「……将軍の座も、若い花嫁も、いつでも喜んでおまえに譲ってやるぞ」

「いやだ、どっちも要らない」

マースはきっぱりと言いきってから、素早く周りに視線をやった。

今自分たちがいる王城の廊下に、人けがないことを確認してから改めて顔を寄せ、声を潜める。

「バカ、やめろ。そんなこと言って、万が一陛下の耳に入ったらどうすんだ。またどんな難癖つけられるか判《わか》ったもんじゃないぞ。前の将軍の二の舞になりたいのか」

「俺がクビになったり、牢《ろう》に入れられたりしたら、次の将軍にはおまえを推しておいてやる。後は頼むぞ、マース」

「勘弁しろよ、そう短期間に次々と将が代わったら、軍全体の士気に関わる。ただでさえ第六軍は、寄せ集めのならず者集団なんて言われて肩身の狭い思いをしてるんだ。いつも危険な任務ばかり廻《まわ》されるのはうちなのに、これ以上他軍のやつらに馬鹿にされてたまるか」

マースは憤慨するようにひそひそと言った。

他の五軍からは見下されることの多い第六軍だが、それでも俺と同じで、この男も自軍に対する愛着と自負くらいは持っているのだ。

その気持ちは痛いほどよく判るから、俺ももう軽々しく「将軍職を譲る」と口に出せなくなる。

「じゃあ、せめて花嫁のほう……」

「それも勘弁しろ。俺にはもう大事な奥さんがいるんだから。知ってるか？　陛下は仲がいい夫婦ほど、嬉々《きき》として壊したがるそうだぞ。人妻でも、自分が気に入ったら強引に紙切れ一枚で離婚させて、妾《めかけ》として召し上げてしまうらしい。まったく、ぞっとするね」

自分の大事な妻が、ある日いきなり他人になり、王に取り上げられる、ということを想像したのか、マースは本当に恐ろしげにぶるっと身震いした。

「その点、おまえは独身だからまだよかった。おまえにすでに妻がいたら、あの陛下のことだから、その妻と離婚させてでも、新しい花嫁と無理やり結婚させられていたところだ。そんなことになったら、悲劇は数倍にもなる」

「それもそうか……」

マースの言葉に、なるほど、と納得した。

この結婚を命じられた時には、二十八になっても妻帯していなかった己の迂闊《うかつ》さを呪ったものだが、もしも俺に恋人や愛妻がいたなら、事はもっと複雑にこじれていた可能性もあったのだ。

なにしろ現在の君主ラドバウト王は、このノーウェル国で史上最悪と言われるほどの暴君として名を馳《は》せている。

その性格は非情にして非道。残酷で、狡猾《こうかつ》で、用心深い。他人が泣いたり苦しんだりするのを見ることに快楽を覚え、贅《ぜい》を好み、飽食を貪り、女色に耽《ふけ》り、忠言には一切耳を貸さず、自分が気に食わない臣は殺すか追い出すか、あるいは罪を捏造《ねつぞう》して牢に入れてしまう。

離婚や結婚が王の一存で決まってしまうのも、ラドバウト王が作り出した忌まわしい新法によるものだ。それで泣く泣く別れさせられた夫婦も多いと聞く。

あの王だったら、もし俺にすでに妻や子がいたとしたって、そんなものはなんの障害にもなりはしなかっただろう。

そう考えると、確かに、俺は独り身でよかった。これ以上、あの王に人生を狂わされる人間が増えていくのを見るのは御免だ。

「ま、相手が相手だけに、おまえも大変だろうとは思うけどな。見方を変えれば、光栄なことかもしれないぞ。なにしろ、かの有名な『イアルの血筋』なんだから」

マースはこちらの気持ちを引き立たせるために言っているのかもしれないが、それを聞いた途端、俺の背中にさらに重いものがどしっと圧《の》しかかった。

――そうなのである。

俺の花嫁となる女性は、ずいぶん昔に断絶したイアル王朝の血を引く、大変に高貴なお方なのである。

本来だったら、貴族といっても名ばかりの、ほとんど平民と変わらない雑な育ち方をした、俺のような一介の軍人に娶《めと》らせるような相手ではない。

本来なら。

「……イアルの血を引くったって、今じゃ相当に零落しているらしいからな。細々と血筋だけは繋《つな》いできたが、実態はかなり窮乏していると聞いたぜ。まあ、なんだ、その……おまえの花嫁になる女性についてもいろいろと噂《うわさ》はあるが、本当のところはよく判らないわけだし……実際に見たら、そんなにひどくはない……かも、しれん」

だんだんと曖昧に濁していく口調と共に、マースの目は微妙に俺から逸《そ》れていく。気の毒すぎて直視できない、ということらしい。

「とにかくだ」

最後に一回、区切りをつけるように、ぽんと一つ大きく肩を叩いて、

「頑張れよ、レオ。相手がどんな女性でも、世を儚《はかな》むんじゃないぞ」

と、ものすごく真情のこもった言葉をかけて、マースは去っていった。

俺はその後ろ姿を見ながら、ふー、と深い息をつく。

結局あの男は何がしたかったのだろう。励まそうとしたのか、力づけようとしたのか。

はっきり言って、余計に憂鬱になった。

この命令を下した王の顔を思い浮かべ、苦々しい気分で唇を引き結ぶ。

まったく、あの——

内心で呟《つぶや》きかけた言葉を、俺は強引に腹の底へと押し込めた。

国に忠誠を誓った軍人、ましてや末端とはいえ将軍の立場にある者が、その先を続けることは許されない。

第一章　はじめての夜

ノーウェル国の婚礼は、男の自宅で行われるのが普通だ。

席を設けて、招待客に食事を振る舞い、皆の前で誓いの言葉を述べる。貴族としての格が上であればあるほどその規模は大きくなり、装飾が派手に、食事も食べきれないほど多く豪勢なものになるというが、俺は所詮下級貴族なので、そこまでのことはできない。

小さな屋敷は、親類や知人を招いただけでもういっぱい、という有様だった。

しかも招待客たちは、誰もかれもが沈痛な表情で、祝福に浮かれた雰囲気などまったくない。一方的な王命で決められた結婚に、どういう顔をすればいいのかと、一様に困惑しているようだった。

俺は隣に座る花嫁にちらりと目をやった。

彼女の姿を実際に見るのは、この婚礼の席がはじめてである。要するに、お互い初対面の場で、俺たちは夫婦の誓いを立てなければならないわけだ。

しかし隣にいるにも拘《かか》わらず、その顔はまったく見えない。頭からすっぽり被《かぶ》った白いヴェールがその先を塞いでいる上に、彼女はじっと俯《うつむ》いたまま、こちらに顔を向けようともしなかったからだ。

テーブルの上には、さほど高級ではないが、この家の料理人が腕を振るって作った、数々の料理が並んでいる。祝いごとには違いないからと、色とりどりに美しく飾りつけられた肉や魚や果物だ。どれも美味《おい》しそうだし、食欲をそそるいい匂いが立ち上り、鼻腔をくすぐる。

それなのに、彼女の前の皿は、どれ一つとして手がつけられていない。

下に向けられた顔はずっと動かないまま、よくよく見れば、膝の上で強く組まれた両手は小さく震えている。

緊張しているのか、あるいは、泣くのを必死で我慢しているのか。

――または、こんな男に嫁がされることが、屈辱でたまらないのか。

どんな理由にしろ、無理はないと思う。イアルの血筋は、かつての王朝の美談とも相まって、「尊い血」、「高貴な血」、「希少な血」と呼ばれ、貴族の中でも憧れられるくらいなのだ。

いくら零落しているとはいえ、こんなこぢんまりとした屋敷で、地味な婚礼を挙げることなんて、彼女だって想像もしていなかっただろう。

俺としては精一杯、花嫁とその家族に恥をかかさないように気を遣ったつもりだが、あちらからこの場に出席してくれたのは彼女の兄だけだったし、両親のほうは未《いま》だに俺と顔を合わせるのを拒否している。

そりゃ、あちらにとっては、大切に守ってきた宝をいきなり盗人《ぬすっと》に奪われたような気分なのだろうと理解はできるから、彼らに対して申し訳ないと思いはすれども、腹は立たなかった。

それに、花嫁となる女性は、俺が思っていたよりもずっと華奢《きゃしゃ》で、余計に罪悪感を煽《あお》られた。

彼女は確か十九歳だと聞いた。それにしては華奢というか、頼りないくらいに細い。

イアルの血筋は男女共に儚《はかな》げな容姿をしていると言われるが、今俺の隣に座っている彼女は、儚げを通り越して息を吹きかけただけで倒れそうなほどだ。

対して、俺は軍人だから、筋肉がついて体格もがっちりしている。肩幅もあるし、身長も高い。こうして横に並べば、両者の差が激しすぎるのは明らかで、おもに俺に同情的だった知人たちも、今は花嫁のほうに憐憫《れんびん》の眼差《まなざ》しを向けるくらいだった。

逆の立場だったら、俺だってここまでの体格差には、肉体的な恐怖を感じてしまうだろうと思う。

……だってさ、夫婦となるからには、今夜は一緒に枕を並べて寝ることになるわけで。

俺がちょっと力を入れて抱いたら、こんな細い身体《からだ》、すぐに骨が折れてしまうんじゃないか？


どうしようかなあと考えている間に宴《うたげ》はお開きになり、いよいよ問題の初夜を迎えることになった。

ちなみに、俺はまだ花嫁の顔を見ていない。

身を清めて、重い足取りで寝室へと向かう。途中で、この屋敷に古くから仕えてくれている年嵩のメイド、アリーダと行き会った。

「奥方さまのご準備は、つつがなく整いました」

頭を下げて報告され、「あ、うん」と返事をする。足元がそわそわした。

「その、彼女、どんな感じだった？　怯《おび》えてるようだったか？」

だったらまずはその恐怖を取り除くところからはじめないと……と思いながら訊《たず》ねてみると、アリーダは難しい顔つきで首を傾《かし》げた。

「それが、緊張なさっておいでなのか、お顔の色もすぐれません」

「うん」

「お声も掠《かす》れ気味で、一言二言しかお話しされず」

「うん」

「時々苦しそうに胸のあたりに手を当てて、今にも倒れそうで」

「……うん」

「なんとか聞き取れたお言葉は、『もう、だめ』というような」

「も……もういい……」


俺は手を上げ、アリーダの説明を遮った。そこまで詳細に言わなくてもいいではないか。まるで自分が、無垢《むく》な娘を無理やり手籠めにする、とんでもない悪人のように思えてきた。

アリーダは真面目な顔で、俺を正面から見据えた。


「お坊ちゃん」

「その呼び方やめろって。俺もう二十八で、結婚もしたんだから」

「何を仰《おっしゃ》います、お母君が若くして亡くなってからというもの、お坊ちゃんのお世話はこのアリーダが一手に引き受けてきたのですからね。よろしいですか、お坊ちゃん、こういうことは最初が肝心なですよ。とにかく優しく、柔らかく接しなければいけません。お坊ちゃんがいくら朴念仁で不器用な脳筋で、異性に言い寄られたらすぐに逃げ出すような弱腰な性格でも、剣を扱うように女性を扱ってはなりませんよ」

古くからの付き合いだけあって、アリーダは俺に対して大体いつも、容赦がない。

「だって剣は、完璧でスマートなエスコートを要求したりしないし、少し仕事を優先させるだけで怒ったり文句を言ったりもしないから」

「そんなことだからそのお年で独身の挙句、こんな事態になっているのではありませんか！　よろしいですかお坊ちゃん、お相手がどれほど高貴なお方であろうと、お坊ちゃんもその若さで今や将軍の地位にお就きになったのですから、もっと堂々としていらっしゃい」

「だからそれは、前の将軍が辞職に追い込まれて、しょうがなく……それに、第六将軍が吹けば飛ぶくらい不安定な立場だってこと、アリーダだってよく知ってるだろ。あんなの、ほとんど第一から第五将軍たちの使いっ走りで、王の遊び道具だよ」

だからこそ、こんな風に結婚までする羽目になっているのではないか。

俺は本当に将軍になんてなりたくなかったのに、つくづく、頼まれればイヤとは言えない自分の性分が恨めしい。

「そんなこと、軍関係者以外には、言わなければバレやしません。ハタから見れば、お坊ちゃんは大出世をなされた、栄えある若き軍人なんですから。表向きだけでも威張っていればよろしいんです！」

アリーダはそう決めつけて、俺に威張らせる暇も与えずに、ぐいぐいと寝室へ向けて背中を押した。

「とにかくお坊ちゃん、頑張ってくださいね！」

マースと同じことを言っている。この場合の「頑張れ」の意味は、一つしかないと思うが。

俺は背中を押されながら、少し迷ってから口を開いた。

「それで、アリーダ」

「はい」

「その、花嫁なんだけど」

「はい」

「やっぱり、噂《うわさ》どおり……」

「はい？」

「――いや、いい」

口を噤《つぐ》んで、大人しく足を動かす。

うん、そんなこと、これから初夜という時に、聞くもんじゃないよな。

俺の花嫁、リーフェ・メイネス嬢は、本当に噂どおり、恐ろしい化け物のように醜い容貌で、まともな会話も交わせないくらい頭のほうにも問題があるのか――なんて。


寝室内は、薄暗かった。

ベッド脇にある小さなテーブルの上の蝋燭《ろうそく》だけが、ほんのりと室内を照らしている。

そうだな、これからのことを考えると、あんまり皓々《こうこう》と明るくないほうがいいよな。覚悟はしているつもりだが、その……やっぱり、いろいろな意味でこちらの想像をはるかに超えていたりしたら、平常心を保てるかちょっと自信がないし。

花嫁は、ベッドの真ん中にちんまりと腰かけていた。

白い寝着を身につけているが、あまり扇情的なものではないのでホッとする。俺はそもそも女性というものが得意ではないが、強気にグイグイ迫ってくるタイプは、特に苦手だ。

まあ、たぶんこの花嫁については、そんな心配はしなくていいのだろうけど。

力を行使して人を屈服させることを生業《なりわい》とする俺のような軍人は、たおやかな箱入り娘である彼女には、蛇蝎《だかつ》のごとく嫌われているはずだから。

ベッド上にいる彼女は、相変わらず下を向いていた。さすがにヴェールは外されているものの、豊かな蜂蜜色の髪が垂れて、やっぱり顔が見えないのは同じだ。

ただでさえ細い肩を小さくすぼめ、小動物のようにぶるぶると震えている。

それを見て取って、俺は急にこの女性が哀れになった。

……なに言ってるんだ、マース。

俺なんかよりもずっと、この人のほうが「可哀想《かわいそう》」じゃないか。

単なる王の気まぐれと嫌がらせで、十歳近く年上のまったく見知らぬ男と本意ではない結婚をさせられて、「尊き血」の誇りまで踏みにじられて。

怖がるのも、泣くのも、怒るのも、当然だ。

「――リーフェ殿」

ギシリとかすかに軋《きし》む音を立ててベッドに腰を下ろし、そっと囁《ささや》くように声をかける。か細い身体が、びくっと身じろぎした。

「こんなことになってしまって、いろいろと思うところもおありでしょうが、あまり悲しまれませんよう。決して、あなたの嫌がるようなことはしませんし、無体なことも乱暴なこともしないとお約束します」

というより、初夜を迎えることそのものが無理だな、と俺は思った。

ごてごてした飾りを取っ払い、布一枚の寝着になった姿を間近で見たら、彼女は思った以上に弱々しかった。

襟元から覗《のぞ》く鎖骨はくっきりと飛び出ていて、袖から出ている手首は骨かと見紛《みまが》うほどに細い。

華奢とか儚いとかいうよりも、栄養が不足しているようにしか見えない。

イアルの血筋は、野蛮な肉食を好まず、花を食べて生きている、という噂もあるのだが……まさかあれは本当じゃないよな？

「俺にできる限り、あなたのことは大事にしたいと思います。あなたにとっては、ご不満なことも多いでしょうが、言ってくだされば、ご要望に沿うように努力します。なんでも遠慮なく、仰ってください」

なるべく丁寧に話しかけたつもりだが、返事はなかった。

やっぱり俺のような武骨な男に、女性の心をほぐすことなんて簡単にできるものではない。続ける言葉が思いつかず、困惑して口を閉ざす。

と、目の前の人物がそろりと動いた。

　ゆっくり、顔を上げる。

　俺は息を呑《の》んだ。

「――っ」

　その瞬間、噂というものがいかにアテにならないかということを、身をもって実感した。

　誰だ、「化け物のような醜い容貌」なんて言ったやつは。

　……すごく、可愛《かわい》らしいじゃないか。

　ぱっちりと大きな目は綺麗《きれい》な夕日のような黄金色で、ほどよく小さな唇はまるで誘うようにぷっくりしている。耳も、顎も、どこもかしこも繊細で優しい線で形づくられており、静謐《せいひつ》な気品が滲《にじ》み出るようだった。

　顔色の悪さと、少しこけた頬の不健康さがあってもなお、それを帳消しにして余りあるくらい、愛《あい》嬌《きょう》がこぼれるような顔立ちをしていた。

「ヴェ……ヴェルフ将軍」

　可憐な唇が動いて、自分の名が出されたことに少々動揺した。

　か弱く震える声は鈴の転がる音に似て、こちらの庇護《ひご》欲をかきたてる。その口から出てくるのがたとえば俺に対する罵倒だったとしても、甘んじて受け入れてしまいそうだ。

「レオとお呼びください、リーフェ殿」

　返す自分の声はどこか上擦っていた。いかん、さっき、今の彼女は手を出せる状態ではないと判断したばかりではないか。

「ほ……ほんとうに、遠慮なく、申し上げて、よろしいのでしょうか」

小さく紡がれる言葉は、途切れがちだった。一言発するたびに、息継ぎをしている様子を見て、こちらも不安になってくる。

まるで病人のように痩せていると思っていたが、まさか本当に心臓に疾患を抱えていたりするのではあるまいな。もしもそうだったら、早急に医者の手配をしないと。

「はい、なんでも」

俺がしっかりと請け負うと、リーフェ嬢は再び目を伏せた。

「わ――わたくし」

腹部を押さえて、苦しげに顔をしかめる。腹痛か。胃が痛むのか。胸の病ではないのか。こういう場合、何が必要なのだ。水か、薬か。

「わたくし……お腹《なか》、が」

「痛むのですか、苦しいのですか。すぐに医者を呼んだほうがよろしいですか」

その時、ふらっとリーフェ嬢の身体が傾いた。

慌てて手を出し、倒れる寸前で抱きとめる。

「リーフェ殿！　しっかり」

俺の腕の中で、リーフェ嬢がぎゅっと眉根を寄せ、目を瞑《つぶ》る。腹部に置いた両手に、力が込められた。

「わ……わたくし……お腹が」

幻聴だと誤魔化すこともできないくらい、盛大に。

次の瞬間、ぐぎゅるるるる、と腹の鳴る音が聞こえた。

「――は？」

「お腹がすいて、死にそうなのですけど」

「はい」


何がなんだかよく判《わか》らなかったが、無人の厨房《ちゅうぼう》に行き、宴の残り物を適当に見繕って持ってくると、リーフェ嬢はぱあっと目を輝かせて笑顔になった。

早速ソファに座って、テーブルの上に広げられた食べ物を一つ一つうっとりと見つめては、嬉《うれ》しそうに口に持っていく。高貴な血筋だけあって上品な食べ方だし、マナーも完璧なのだが、その手は一向に動きを止めようとしない。

その間、俺は寝室の明かりを次々に灯《とも》して廻《めぐ》っていた。

薄暗いままではなんだか変なムードが漂っているのと、リーフェ嬢が食べにくいだろうと思ったからだ。

しかし、明るくなったらなったで、彼女が薄い寝着しか身につけていないことに気づいて、ひどくバツの悪い思いをすることになった。

「リーフェ殿、失礼ですが、これを」

俺の上着をばさりと羽織らせる。

無礼な、と怒り出すのではないかとヒヤヒヤしたが、当の本人は、ブカブカの上着の袖をぱたぱたと振って、「まあ、わたくしが二人くらい入りそうですわ」と大喜びだ。

安心どころか、戸惑った。

なんか、思っていたのと大分違うな……

彼女の向かいのソファに腰かけ、じっと様子を観察する。

もしかして俺と同衾《どうきん》するのが嫌で、逃げの口実として空腹を言い出したのではないか、とか、精神的な負荷が大きすぎて突飛な言動をしているのではないか、などと疑ってみたのだが、目の前の人物はどこまでも普通に食事を楽しんでいるようにしか見えない。

「まあ、ヴェルフ将軍、ご覧になって、この可愛らしいお野菜！　赤くて丸くて甘くて、とっても美味しいですね」

「レオで結構です。それで、リーフェ殿」

「わたくし、こんなにも具だくさんのスープをいただくのは久しぶりです。味に深みが出て、なんて素晴らしいのでしょう。それでもこんなに透き通った金色をしているなんて、きっと門外不出の秘密のレシピがあるに違いありませんわ、レオ将軍」

「将軍も結構です。それで」

「パンも柔らかくって美味しいこと！　これがすべてできたてで温かいまま食べられたなら、もっと最高でしたでしょうに！　すぐ前にある食事がどんどん冷めてカチカチになっていく様を見せつけられて、わたくし、悔しくってなりませんでした！　あれは美味しいお料理と、作ってくださった人に対する冒涜《ぼうとく》です！」

本当に悔しそうに手を握って力説し、身悶《みもだ》えしている。こんな形で初夜の花嫁が悶える姿を見ることになろうとは、思ってもいなかった。

「……なぜ、婚礼の席で料理に手をつけられなかったんですか？」

彼女の言葉を聞くに、下級貴族の屋敷で出される料理に我慢ならなかった、という理由ではなさそうだ。しかしだとすると、他に理由が思いつかない。あの時はよほど緊張して喉を通らなかったのだろうか。

だったら自分がもうちょっと気遣ってやるべきだったな、と反省しながら訊ねると、リーフェ嬢はようやく皿から顔を上げ、けろりとして言った。

「だって、イアルの血を引く女は、よその人の前で食事をしてはならないと言われているのですもの。そのようなはしたないことをしてはいけないって、子どもの頃から、母にそれはそれはうるさく躾《しつ》けられてまいりました」

「そうなんですか？」

俺は驚いた。確かに、貴族の間では女性は少食のほうが良しとされてはいるが、そこまで極端な家風は聞いたことがない。さすが高貴な家柄は、俺の理解を超えている。

さては、「イアルの血筋は花しか食べない」という伝説めいた話は、そのあたりから出ているな。

「やっぱり、イアルの血筋は……」

「まったくバッカバカしいったらございませんわ。そう思われませんか？」

イアルの血筋は普通とは違うのですね、と出しかけた俺の感嘆は、リーフェ嬢の憤然とした言葉によってすっぱりと断ち切られた。

「え……は？」

俺は困惑したが、彼女はお構いなしだ。

「人間なのだからお腹がすくし、美味しそうなお料理があれば食べたいに決まっているではありませんか。前々から馬鹿げた慣習だと思っていましたけれど、今日という今日はそのことを痛感いたしました。すぐ手を伸ばせばそこには湯気を立てたお肉がわたくしに食べられるのを待っているのに、ただ見ていることしかできないなんて！　お料理は目でも楽しむものだと聞いておりましたけど、あれは嘘《うそ》ですわね、レオさま？　だってわたくし、穴の開くほどお料理をじっと見つめておりましたが、ちっとも楽しくありませんでしたもの。むしろ地獄のような苦しみでした」

しみじみとした口調で言いながらも、リーフェ嬢の手は止まることなくせっせと食べ物を口に運び続けている。楚々《そそ》とした動きのわりに、よく食べる。細い身体で、そんなにいっぺんに詰め込んで大丈夫なのかと、今度はハラハラしてきた。

婚礼の席で食べられなかったのが、それほど心残りだったのだろうか。じっと俯いていたのは、テーブルの上の料理を凝視していたためだったなんて、俺は想像もしていなかった。

「こちらの気持ちも知らないで、お客さまたちは美味しそうにお料理を頬張っていらっしゃるし！　あれはなんですか、拷問ですか。特に兄なんてわたくしのほうを見もせずに、次々にお皿を空にし続けておりましたわ。なんて気の利かない……！　もう少し妹への思いやりを見せて、誰の目もない時に、こっそりと骨付き肉の一本でも握らせてくれたってよさそうなものではありませんか。わたくし、宴の間中、兄への怒りを抑えつけるのが大変でした！」

なるほど。隣にいた彼女が怒っているのではないか、という俺の考えは間違ってはいなかったらしい。その怒りの理由も方向も、ぜんぜん違っていたが。

「兄……」

俺は、列席者の中にいたその人の姿を思い浮かべた。

確か……ヴィム、という名前だったか。なにしろこの結婚話が急なものだったため、俺の頭にはまだ十分な情報が揃《そろ》っていない。なんとなくぼんやりと記憶している彼は、リーフェ嬢同様に痩せていて、黙々と料理を口にしているばかりだったような気がする。

てっきり、妹が格下の男に嫁入りさせられることに立腹し、さぞ不機嫌なのだろうと思っていたのだが——え、違うのか？

「あなたの兄上は、この結婚にご不満があったのでは？」

「まあ、なぜですか？」

俺の問いに、リーフェ嬢はかえって驚いたような顔をした。ますます困惑する。

「帰りに少しご挨拶する機会があったのですが……『今日は結構なお食事でした』と言われただけで、あなたのことには何も言及されなかったので、てっきり皮肉なのだろうと」

「それはまごうことなく兄の本心です。あの人は心から食事を楽しんで、心から満足して帰ったんです、そういう人なのです。食べ終わった後は、わたくしのことなんて、綺麗さっぱり忘れていたに違いありませんわ」

　そんな馬鹿な。

「リーフェ殿の兄上は、どういう方なんですか」

「年齢はわたくしより四つ上です。レオさまよりも年下になりますね」

「はい」

「どういう伝手《つて》を頼ったものだか、王太子殿下の近侍をしておりまして」

「はい」

「食べ物の好き嫌いはなく、両親よりもはるかに現実的で」

「はい」

「少々クズです」

「なんですって？」

「いえ、兄のことなんてどうでもよろしいのです。そうそう、そうでした、わたくし、まずはレオさまに、両親のことを謝らなければならないのでした」

　説明の最後、聞き捨てならない言葉をさらっと吐いたような気がするが、それを俺が呑み込む前に、リーフェ嬢がやっとフォークを置いて、両手を揃え、深々と頭を下げた。

「――二人の数々の非礼、どうぞお許しくださいまし。せっかく礼を尽くしてご招待くださったのに、婚礼の席にも出席いたしませんで、申し訳ございませんでした」

ただでさえ混乱していたのに、いきなり謝罪をされて、俺は少し度を失いそうになった。

「え、いや、そんな」

「わたくしの両親はどちらも浮世離れしたところがありまして、自分の取った行動で、相手がどう思うかということにあまり気を廻せない傾向があるのです。レオさまにこちらの内実を知られるのが恥ずかしい、婚礼の席に着ていくような服がない、ということを正直に言い出せないばかりに、高圧的な態度でお断りしてしまって。レオさまにはさぞ、ご不快な思いをされたことと思います」

頬に手を当て、ため息をつくリーフェ嬢を、俺はまじまじと見た。

噂はアテにならない――と、もう一度同じことを思う。

まともな会話ができないほど頭に問題がある、って？　なんだそれは。彼女は年齢よりもずっとしっかりしているではないか。

客観的に物事を見て、非を認められる。他人の気持ちを想像し、慮《おもんぱか》る優しさもある。

貴族社会の中で、そういう性質を持つ人間はあまり多くない。

「――リーフェ殿」

「はい」

「大変失礼なことを伺いますが、その……あなたのご実家は、あまり、裕福では」

「ええ。とっても、貧乏なのです」

俺が濁そうとした言葉を数倍はっきりとした単語にして、リーフェ嬢は真顔で言いきった。

「そ、そうですか……」

まあ俺も、それには薄々気づいていたのだが。

イアルの血筋のご令嬢の嫁入りにしては、運び込まれた荷物は身の回りのものだけで、鏡にしても小道具の数々にしても、どれも由緒がありそうな……有体に言うと、古ぼけたものばかりだった。

侍女をぞろぞろ引き連れてくる、とまでは思っていなかったが、彼女は世話係の一人すら、伴っていなかった。

ほぼ身一つで、リーフェ嬢はこの屋敷へとやって来たのだ。

「わたくしの父と母はいとこ同士でして」

「ええ、存じてます。貴重なイアルの血同士が繋《つな》がって一つになったと、当時はずいぶん騒がれたらしいですね」

その近親婚のせいで濃くなった血が、生まれた娘を外も中も異様な存在にしたのではないか――という噂もあったのだが、それは黙っておく。

リーフェ嬢は短い息を吐き出した。

「要するに、気位だけが高くて社会にあまり適合できない二人が一緒になってしまった、ということなのです。我が家では、何かというと、『イアルの血に恥じないように』と、そればかりでした。まるで、生きていくためには、それこそがなによりも重要なことでもあるかのように。昔は広大だった領地も削られたり掠め取られたりして、今ではほんのちょっぴりしか残っていませんのに、両親は、イアルの血を引く者はそれだけで誰よりも立派で、尊敬されるべき人間だとでも思っているようでした。人に頭を下げることも、頼むこともできないものですから、家はどんどん窮乏していく一方。それでもただ、誇りにしがみついていました。すべて、イアルの血のせいです。あれはもう、呪いのようなものですわ」

ずいぶんと手厳しい言い方だ。俺は宥《なだ》めるように少し微笑《ほほえ》んだ。

「貴族というのは、えてしてそういうものですよ」

「あの二人は度がすぎているのです。お金がなくても、食べ物がなくても、どれほど困窮しても、『誇り高くあれ』なんて、そんなの無理に決まっています。ましてやイアルの血なんて、ほぼ実体のないもの、どうしてそこまでありがたがるのか理解できません。流れれば普通の赤い血で、別に青いわけでも、美味しいスープになるわけでも、極上の糖蜜の味がするわけでもありませんのに」

また、話が食べ物のことに戻っている。

「そういうわけで」

リーフェ嬢はそこで声の調子を変えて、ぴんと背筋を伸ばした。

正面きって視線を向けられ、俺はわずかにたじろぎ、後ろに身を引く。

「わたくし、この話を聞いた時から、嬉しくてたまりませんでした。もう『イアルの誇り』にはほとほと愛想が尽きまして、あの家に戻るのは真っ平なのです。婚礼の席で涙を振り絞って食事を我慢したのだって、もしも母の耳に入ってしまった場合、連れ戻されるかもしれないと危惧したからですわ。わたくし、こうしてレオさまの妻になった以上、何がなんでもここに居座る覚悟でやってまいりました！　さあレオさま、お腹も満たされましたし、いざ張りきって初夜に突入いたしましょう！」

満面の笑みで力強く宣言され、その場に倒れそうになった。

両膝に手を置いて下を向き、しばらく考える時間を必要とした。

やっと心を決めて、顔を上げる。

「――あの、リーフェ殿は」

「リーフェとお呼びになってください」

「いやそんなことはともかく……あなたはその、男女の営みについての知識はおありで……？」

おそるおそる訊ねると、

「ほぼ、ございません」

と清々《すがすが》しいまでの返答が、笑顔と共に返ってきた。

うん、そうか、ないのか、やっぱり……

「でも、女性はじっとして時々恥じらっていれば大体のところは大丈夫、と兄が言っていました」

「…………」

兄よ……

どう言おうか迷って、俺が次に続ける言葉を探しあぐねていると、リーフェ嬢ははっと何かに気づいたような顔をした。

「ひょっとして、女性のほうでも何か特別な技術や努力が必要ということでしょうか」

と、特別な技術……

「いや、あの」

「でしたら教えていただければ、わたくし頑張ります。だってすぐに飽きて放り出されても、他に愛人を作って追い出されても、困ってしまうんですもの」

「そんなことはしません」

「男性は綺麗な蝶《ちょう》がひらひら羽ばたいているのを見たら、ふらふらついていかずにはおれない生き物だって、兄が……」

「兄上はどうか知りませんが、俺はそういうことはしません」

リーフェ嬢はふいに心配そうな目つきになって、俺の顔を覗き込んだ。

「もしかしてレオさまは、女性に興味がないのでしょうか」

大真面目な表情で、なんということを言うのだ。

「そういうことではなく……」

「できればレオさまには、わたくしにメロメロになっていただきたいのですけど。男性は自分の好みに合わせてくれる女性に弱いと兄に聞きましたわ。レオさまのお好みとは、どういうタイプなのでしょう」

リーフェ嬢はぐいぐい迫ってくる。そういうところがどんどん俺の苦手な方向に向かっています、と言い出す勇気はなかった。

「閨《ねや》のことはよく判りませんが、これから勉強します。どのようにすればよろしいか、教えてくださいまし」

「お、教え……」

もしかして、それを俺に口頭で説明しろと？

うーん、と頭を抱えた。

しっかりしているところもあるが、彼女はやっぱり年齢相応に幼い部分も多く、素直で純粋な箱入り娘だ。

こんなことを男の前で口走ったら、普通は大変なことになる、というのをまったく判っていない。

「リーフェ殿、とにかく今夜は寝ましょう。……いや、そっちの『寝る』じゃなくて」

俺の言葉に、リーフェ嬢はきょとんと目を瞬《またた》いた。

「え、でも……」

「今日は一日大変だったし、お疲れでしょうから。それで、今後のことなんですけどね」

「はい」

「閨で勉強云々《うんぬん》のことは、もう少し先に延ばしましょう。あなたはご存じないかもしれないが、ちょっとその……ある意味、体力を必要とすることなので。もっと栄養のあるものをたくさん食べて、しっかり力をつけてからでも遅くはないですし」

正直に言って、俺は今の彼女を抱く気にはならない。

あまりにも細すぎて、壊してしまうのではないかと気が気ではないからだ。お腹が満たされたと言ったって、それがすぐ肉になるわけでもないだろう。抱きしめて、うっかり肋骨《ろっこつ》でも砕いてしまったらどうすればいいんだと不安になる。

何も知らない分、こちらが言うことをそのまま信じ込んで従ってしまいそうなところも怖い。

……無理をさせたくない、というのは本当だが。

思っていた以上に可愛かったリーフェ嬢に、理性を保っていられる自信もあまりなかった。

リーフェ嬢は俺の顔を見てから、改めて自分自身を見下ろした。

「――つまり、レオさまは豊満な女性がお好みだということなのですね？」

「違います」

「そういえば、兄も女性の魅力の一つは胸の大きさだと」

「違います」

「どれくらいの大きさがよろしいのでしょう。場合によってはそこまで育つのに時間がかかると思うのですけど」

「聞いて。違います」

「でも、やっぱりそんなの、もどかしくありません？　試してみれば新たなご趣味に目覚める可能性もなくは……」

「もういいから、寝なさい！」

最後は叱りつけるようにして強引にリーフェ嬢をベッドの中に放り込んだ。明かりを消してもとの薄暗さに戻すと、しばらくぶつぶつと不満げな声が聞こえたが、やがて穏やかな寝息に変わった。

やっぱり疲れていたのだろう。

やれやれ、と息をついて、ソファにどさりと転がった。

俺も疲れた。

あらゆる意味で、噂も、俺の予想も裏切る花嫁である。

嫌われていなくてまだよかったと思うべきなのだろう。本当のことを言えば、泣かれなくてホッとした。

子どものようで、大人なようで、儚げに見えて毒舌で無邪気で、今一つ掴《つか》みどころがない。俺はひたすら振り回されてばかりだったような気がする。

夜中にあんなにもたくさん食べて、明日の朝、調子を崩さないといいのだが。

目を閉じると、すぐに眠気が襲ってきた。意識がぼんやりと曖昧な膜に包まれていく。

あの彼女と、これから夫婦としてやっていくのか……

うとうととまどろみながら考えた。

――意外と、悪くないかもしれない。

＊＊＊

翌朝になって俺が起きた時、リーフェ嬢はまだベッドの中ですやすやと安らかに眠っていた。

目を閉じて寝息をこぼしている姿は、起きている時よりもずっと無防備で、幼く見える。

思わず、笑みが漏れた。

昨日は疲れたのだろうし、おまけに夜あれだけ満腹になったのだから、目が覚めないのも無理はない。

　俺は極力音を立てないように静かに着替えを済ませて、そっと寝室を出た。

「おはようございます、お坊ちゃん」

　食堂に行くと、アリーダが待ち構えていた。

「おはよう」

「奥方さまは、まだお眠りで？」

「うん。起こさなくていいから、そのまま目が覚めるまで寝させておいてやってくれ」

「もちろん心得ております。お疲れのことでございましょうから」

　真顔で頷《うなず》くアリーダを見て、「お疲れ」の言葉の中にいろいろと微妙な意味が含まれていることに気づいたが、俺は知らん顔をした。

　人からすれば、リーフェ嬢は昨日初夜を終えたばかりの初々しい花嫁、ということになっているのだろう。彼女は中身はともかく外見はどこからどう見ても頼りなげなか弱い乙女なので、アリーダの中には、さぞ大変だったはず、という同情も大いにあるに違いない。

　しばらく彼女とそういう関係になるつもりがないのは昨夜決意したとおりだが、俺はそれを誰かにわざわざ知らせるつもりはなかった。

　おかしな誤解が生じて、リーフェ嬢に要らぬ恥をかかせるようなことになったら困る。

　俺の中でのリーフェ嬢は、未だ、「大事な客人」という扱いのままだ。

　とにかく彼女が不便を感じないように、丁重に遇すればいいのだろう、と。

……「結婚する」ということの意味が、俺にはまだあまりピンときていなかった。

食事を済ませてからきっちりと身支度を整え、さて出かけるかという時になって、目が覚めたらしいリーフェ嬢が、バタバタと小走りでホールまでやって来た。

「レオさま、申し訳ございません！　わたくしったら、すっかり寝過ごしてしまって……！」

「構いませんよ。俺のことは気にせずに、もっとゆっくりされていてもよかったのに」

「そういうわけにはいきません！」

リーフェ嬢がムキになったように唇を曲げる。

昨夜たらふく食事を詰め込んだせいか、頬がずいぶん血色良くなっていて安心した。

空腹で目を廻して倒れた時は、暗くても判るくらい、白い顔をしていたからな。

「せっかく妻らしいことができる最初の機会でしたのに！　絶対レオさまよりも早く目を覚まして、『お寝坊ですね、起きてくださいまし』って声をかける予定でしたのに！　計画の第一歩目から台無しです！」

「計画？」

首を傾げてから、思い出した。

ああ、俺を「メロメロにする」という、アレですか……

夫を起こすのってそんなに重要な儀式かな、と俺は疑問に思った。どちらかというと、ぐっすり寝入っている妻の顔を眺めるほうが……いや。

「明日こそ早起きして、レオさまが起きるまで待機しています！」

地団駄を踏むようにして悔しがるリーフェ嬢に、アリーダは唖然《あぜん》として口を半開きにしている。

アリーダはアリーダで、「高貴なイアルの血を引く令嬢」に対する緊張や警戒心があったのだろうが、とりあえずそういったものはどこかに飛んでいってしまったらしい。

アリーダの視線が、さりげなくリーフェ嬢の全身を滑るように動く。それで何かを感じ取ったのか、少し難しい表情になった。

リーフェ嬢が着ている服は、もとの質は良いのかもしれないが、ちょっと年数の経過を思わせるものだ。そういったことにまったく疎い俺でさえ、型が古いな、と気づくほどに。

アリーダはそういう点、非常に賢く気の廻るベテランなので、リーフェ嬢を傷つけないように、上手《うま》いこと新しい服を用意するための手立てを考えてくれるだろう。

「リーフェ殿、ここにいるのがメイドのアリーダです。この家のことは、彼女が隅から隅までなんでも把握していますので、安心して頼ってください。アリーダの他には、料理人のロベルトがいます。昨日のように特別な行事でもあれば臨時に人を雇ったりしますが、平時はこの二人しかいません。母は早くに亡くなりましたし、父は田舎の領地にいますから」

父も俺と同じく軍人だったのだが、数年前に足を悪くしたため退役し、領地に引っ込んだ。

なにしろ遠いため、急に決まったこの結婚に、こちらへ呼ぶこともままならなかったのだが、手紙では知らせておいたから、事情は汲《く》んでくれるだろう。

「もしもご不便なら、もう一人メイドを雇いましょうか」

「いいえ、とんでもない。十分です」

リーフェ嬢が朗らかに言ってくれたので、俺は内心で胸を撫《な》で下ろした。

将軍となって多少入ってくる金が増えはしたが、それがいつまで続くかはさっぱり予測できない。

抱えられるかどうか判らない使用人を増やすことは、なるべく避けたかった。

それほどに、俺の立場は不安定だ。

――リーフェ嬢にも、そこをちゃんと説明しておくべきだろうか。

とはいえ、朝の慌ただしい時間帯に、そんなことを考えていてもしょうがない。その案件は後に廻すことにして、俺は玄関扉の取っ手に手をかけた。

「では、なるべく早く帰るようにします」

「いってらっしゃいまし、お……旦那さま」

妻となった女性の手前ということを配慮してか、アリーダはいつもの「お坊ちゃん」を、使い慣れない呼称に変えて、頭を下げた。

リーフェ嬢が、そのアリーダと俺をきょろきょろと見比べてから、こちらを向き、にっこり笑う。

「いってらっしゃいませ、だんなさま」

「……いってきます」

俺は生真面目な顔を保ってそう返したが、実のところ、自分でもびっくりするくらい、照れくさかった。

将軍になる以前の俺の勤務先は、第六軍拠点だった。

兵舎や厩舎《きゅうしゃ》や訓練場などがある施設である。新人の頃はよくそこで寝泊まりもしていた。狭くてむさ苦しく、男ばかりで汗臭いところだったが、あれはあれで楽しかった。

拠点は第一軍が最も王城に近く、そこから第二、第三と下がるにつれて距離も離れていくから、いちばん下の第六軍拠点なんて王城からはずっと遠い。それもあって、隊長をしていた時でさえ、俺は滅多に王城に出入りすることがないくらいだった。

それが、将軍になって、俺の行き先は王城に変わった。

そこに、第一から第六までの将軍の各執務室があるからだ。

将軍なんて、名前だけは大きくても、要するに雑用係なのではないかという気がする。書類仕事ばかりで、訓練にも入れてもらえない。たまに演習などがあっても、将軍はご見学を、と椅子に追いやられてしまう。本気でつまらない。

隊長時代はよかった……と思いながら王城に出向くと、すぐに陛下のもとへ参上せよとのお達しがあって、さらに気が滅入った。

どうせ行かなくてはならないと思ってはいたが、こんな朝一番から呼び出されるとは。ラドバウト王は、待つのが嫌いで、非常に短気な性格であることもよく知られている。

はあー、とため息をつきながら、王のもとへと向かった。

「第六将軍レオ・ヴェルフ、お召しにより、参上いたしました」

片膝をついて胸に手を当て、頭を下げる。

室内には、多すぎるほどの警護が立って、俺の一挙一動を監視するように目を光らせていた。俺に限ったことではなく、ラドバウト王は誰に対しても用心深いのである。

将軍といえど、王の前に出る時は、帯剣も許されていない。

壇上の玉座にどっしりと座る王は、ふんと鼻息のような返事をしてから、

「――で、どうであった、そなたの花嫁は」

と、いきなり切り込んできた。

その不躾《ぶしつけ》すぎる問いに、俺はため息を押し殺し、口を開いた。

「は、陛下より格別の配慮を賜り、このたびは……」

「そんなことはどうでもよいわ。顔を上げよ、第六将軍」

俺の言葉を性急に遮って、少し苛《いら》ついたように命令する。

無表情のまま顔を上げると、大きな玉座が小さく見えるほどにでっぷりと贅肉のついたラドバウト王が、鬱陶しそうに片手を振っていた。

「余が特別に計らってやった結婚であるぞ。無論、感謝しておるであろうな？」

「……もちろんです、陛下」

「そうだろうとも、なにしろ相手はあの『イアルの血筋』なのだからな。そなたのように下の身分では、到底考えられない縁組であろうが。下賤《げせん》の者の血と混じってしまっては、もはやイアルの血の意

味は失せた。いつまでもイアル王朝の名を大事に掲げておった連中は、今頃歯軋りして、そなたのことを恨んでおるだろうよ！」

王が立てる甲高い笑い声に、俺は黙って目を伏せた。

暴君と名高いラドバウト王は、自分が多くの人間から非難されていることも、憎まれていることも知っている。

だからこそ、とうの昔に途絶えた王朝を、未だに追慕し、讃《たた》えようとする勢力があることが許せないのだろう。人間というものは、自分が嫌われれば嫌われるほど、他の何かが愛されることが勘弁ならなくなるらしい。

『将軍になったからには、そなたにもその地位に見合った妻を持たせてやらねばな』

――という王の一言からはじまった今回の結婚話は、辞職に追い込んだ前将軍が推した新しい将軍への皮肉であり牽制《けんせい》であり、同時に、目障りでならない「イアルの血筋」への報復でもあったのだ。

高貴で希少なイアルの血を貶《おとし》めてやろうという王の企てに、身分が低い末端の将軍は、うってつけの人材に見えたのだろう。

「それで、どうだ。そなたの花嫁は、噂どおりの人物であったのか」

興味津々に乗り出して訊ねる王の顔には、下世話な好奇心が乗っている。花嫁についての噂とは、化け物のような容姿で頭のほうにも問題あり、という例のやつだ。

もちろん王は、それを聞いていたからこそ、俺の花嫁として彼女を選んだのである。

「は……」

俺はちょっと言葉に詰まった。

ここで本当のことを言う必要はないが、だからと言って、そのとおりでしたと肯定するのも気が引ける。王に対してではなく、リーフェ嬢に対して。

「少し……私の想像を超えるところがある方でして……戸惑うことも多くございましたが」

考えながらそう告げた俺の言葉をどう解釈したのか、王は機嫌良さそうに大笑いした。

「そうかそうか！　想像を超えるほどの醜女《しこめ》であったか！　それはさぞ、そなたも戸惑ったことであろうよ！　よいか、第六将軍、どれほど化け物じみた妻であっても、しっかり夜の務めは果たせよ！　ものが役に立ちそうになければ、顔に面でも被せておけばよいわ！」

笑いながら、下品なことを言う。俺は畏《かしこ》まったように頭を下げ、うんざりした表情を隠した。

「どうにも我慢ならなくなったら、そなたも妾《めかけ》の一人や二人持てばいい。なんなら、余の妾をくれてやってもいいぞ」

「――お気持ちだけで。私のような者は、身分不相応な妻を一人賜っただけで十分です」

ラドバウト王には妾が数多くいるが、いずれも短期間で入れ替わる。

飽きてしまって臣下に下げ渡される、のはまだマシなほうで、ぽんと捨てられたり、心を病んだり、死んでしまったりすることも多い。

彼女たちは表向きには病死とされているが、閨における王の特殊な性癖で半死半生にされ衰弱した、または、あまりの暴虐と屈辱的な扱いに自ら死を選んだ、という話もひそかに囁かれている。

妾にするのは未婚既婚問わずなので、無理やり王に別れさせられた元妻が、廃人になって夫のもとに戻された、などという痛ましい話までがあるくらいだ。

想像しただけでぞっとする、とマースが言っていたのも当然のことなのだった。

そんなことを頭に浮かべながら断りの言葉を出すと、王はまた笑った。

「であろうとも。よいか第六将軍、イアルの血を引く妻を、せいぜい大事にしてやることだ」

「――ありがたきお言葉」

俺は一本調子の声で礼を述べ、もう一度頭を下げた。

それから王はしばらく卑猥《ひわい》な話題で俺をからかっていたようだが、聞き流していたのであまりよく覚えていない。「は」と「そのような」という返事を繰り返していたら、あちらもつまらなくなったらしく、俺はようやく息苦しいその場から解放された。

執務室に戻ってから、思いきり机を蹴飛ばしてやった。


「おかえりなさいませ！」

屋敷に帰ると、リーフェ嬢が元気に出迎えてくれた。

今度は「だんなさま」がついていなかったので、ホッとする。毎回あんな風に呼ばれては心臓がもたない。これからは名前で統一してもらおう。

「ただいま帰りました。何か変わったことはありませんでしたか」

「はい」

にこにこしながらリーフェ嬢は返事をしたが、口元が今にも喋《しゃべ》りたそうにむずむず動いている。

「変わったこと」はなくても、話をしたいことはある、ということらしい。

着替えを済ませてから、彼女を促して食堂に向かった。

テーブルの上には、すでにちゃんと夕食が整っている。普段よりも少し華やかなのは、料理人のロベルトが張りきってくれたのだろう。リーフェ嬢は、ものすごく嬉しそうな顔で並べられた食事に見《み》惚《と》れていた。

「あのね、レオさま」

そして着席した途端、意気込んで話しはじめた。

「はい」

「今日ね、昼食の後で、お菓子を出していただいたんです」

「お菓子？」

「カップケーキです。これくらいの、小さくて、丸くて、とっても可愛いんです！　こんがり焼いたきつね色のケーキの上に、あまーいクリームがとろりとかかっているのです。その上に鮮やかな色のゼリーがちょこんと乗っておりまして、ほんとうに食べるのがもったいないくらいでしたのよ！」

若い女性ということで、ロベルトも気を遣っているらしい。

リーフェ嬢の興奮ぶりに、ついこちらも頬が緩んでしまう。

「美味しかったですか」

訊ねると、こくこくと何度も頷いた。

金の瞳がキラキラ輝いて、眩《まぶ》しいほどだ。

――俺も軍人になりたての頃は、こういう目をして未来を語っていたのかな、とふと思った。

理想を抱き、希望で胸をいっぱいにして。

「それがもう、天にも昇る心地でした。昼食も美味しかったのですけど、お菓子はさらに美味しかったです！　実家ではそういうものに縁がありませんでしたし、偶然どこかから頂いても、母に禁止されていたのです、虫歯になるからって！　でもレオさま、あれは一本二本歯を犠牲にするくらいの価値はありますわ。お菓子は悪魔の食べ物だなんて教わりましたけれど、こんなにも美味しいものが毎日食べられるなら、わたくし悪魔に魂を売ってもいいかなと思いました」

いくらなんでも大げさだ。

笑いながらふと見ると、食堂の入り口でロベルトがコック帽を両手で握りしめ、さかんに恐縮して赤くなっていた。

父の代からいる料理人だが、彼がそんな顔をするのを、俺ははじめて見た。

「あ、でも」

突然、リーフェ嬢がしゅんとする。途端に、食堂の明かりが翳《かげ》ったような気がした。

「……どうしました？」

「わたくし、うっかりして、出されたケーキをぜんぶ食べてしまったのです。こんなに美味しいもの、レオさまにもぜひ召し上がっていただかなくてはと思ったのに、気がついたらお皿が空っぽになっていました。申し訳ございません」

肩を落としてしょんぼりと謝っている。どうやら真面目に言っているらしいので、俺も噴き出すのを我慢した。

「構いませんよ。ロベルトはあなたのために用意したのでしょうから。それに、俺はどちらかというと、甘いものが苦手なんです」

「まあ、それはお気の毒に」

しみじみと憐《あわ》れまれた。甘いものが苦手というのは、彼女にとってとんでもない人生の損失であるようだ。

「そこまで喜んでもらえたら、ロベルトも嬉しいでしょう。俺は何を出されても、いつもただ黙って食べるだけなので」

「あら、それを言うなら……」

リーフェ嬢はぱちぱちと瞬《まばた》きして、おもむろに食堂の中をぐるりと見回した。

また俺のほうに顔を戻して、ふふふと笑う。

今度は何を思いついたのか知らないが、本当に見ていて飽きない人だな、と俺は感心した。

「あのね、レオさま」

この言葉が新しい話のはじまる合図になっているらしい。

「――こう申してはなんですけれど、メイネスのお屋敷はとても広いのです」

それはそうだろう。内実はどうあれ、イアルの血を引くメイネス家の伝統と格式は、俺の家など比較にならないほどに立派なものだ。所持する屋敷の大きさはそのまま家格を示し、何代にもわたって受け継がれる。

「でしょうね」

「広いばかりで、とても古くて、修繕も何もされないものですから、あちこちガタついておりましたけれど。食堂も広くて、長辺が部屋の幅ほどあるような、こーんなに長いテーブルが、真ん中にどんと置いてありました」

こーんなに、と言いながら、リーフェ嬢が両腕を広げてみせる。

「ああ、なるほど」

俺は頷いた。架台式のテーブルのことだ。昨日の宴でも借りてきて使った、大人数が余裕で座れる長方形のテーブルは、上流階級ではよく見られるものである。

しかし、家族も使用人も客も少ない小さな屋敷では、そんなものは必要がない。従って我が家の食堂にあるのは小さな丸テーブル、椅子に至っては四脚しかない。

今のリーフェ嬢は、俺が少し手を伸ばせば触れられるくらい近くに座っている。

「その大変に長いテーブルに、家族四人が離れて座るのです。父がいちばん前、母と兄が真ん中、わたくしがいちばん後ろ、というように。端と端では距離が開きすぎて、わたくし、父の顔もよく見えませんでしたわ。テーブルの上には立派な燭台《しょくだい》があったのですけれど、明かりはそれだけだったものですから薄暗くて、余計に。そんなに遠いと、お互いに会話をするためには、大きな声を出さなくては聞こえませんでしょう？　『今日はお天気が良くてなによりでした』ということを伝えるだけでも、気合を入れて声を出さなくてはならないので、疲れてしまうくらいでした。肝心の食事は固いパンだけだというのに、お腹に力なんて入りませんわ。そう思われませんか？」

長いテーブルの端から、リーフェ嬢が口に手を当てて、「今日は良い天気でしたね」と父親に向かって叫んでいるところを想像したら、ついぷっと噴き出してしまった。

笑ってから、いやこれは笑うところじゃなかったと気づいた。慌てて、「すみません」と謝る。

リーフェ嬢は静かに微笑んだ。

「いいえ、笑ってくださってよかったです。実際には、わたくしずっと、とっても惨めだったんですもの。広い食堂、立派なテーブル、でも、なんの会話もない、暗くて静かで貧しい食事でした。ひんやりとしたパンを、お行儀よく小さくちぎりながら口に運ぶだけ。お腹はとてもすいていて、パンが食べられるだけでもいいと思わなくてはならないのに、ちっとも味がしなくて、泣けてしまいそうでした。家族はそこにいるはずなのに、父と母がどんな表情をしているのか、何をどう思っているのかもよく判らないのです。わたくしはずっと独りぼっちでいるような気がして、悲しくてたまりませんでした。……でも、それが今は笑い話になったのなら、気が楽になります」

目を伏せながら淡々と紡がれる声には、あまり感情が乗っていなかった。だからこそ余計に、胸が締めつけられるような気がした。

幼い頃に母親が亡くなり、父親は仕事で不在なことが多く、俺もずっと一人で食事をしてきたから、寂しい食卓の寒々しさ、味気なさはよく判る。

軍人になってから兵舎での騒々しい食事を経験して、誰かと会話を交わしながらする食事はずいぶん美味しく感じると思ったものだ。

――育った場所や環境がまったく違っても、判り合えることもある、ということか。

「リーフェ殿」

「はい？」

「仕事でどうしても無理なこともあるかもしれませんが、これからはできるだけ食事は一緒にしましょう。朝も、夜も」

俺がそう言うと、リーフェ嬢は花の蕾《つぼみ》が綻ぶように笑った。

「とても嬉しいです、レオさま。……わたくし思うのですけど、たとえ固いパン一つでも、こうしてすぐ近くでお顔を見て、お喋りしながら笑い合って食べたなら、それはどんなご馳走《ちそう》にも勝るのかもしれませんね？」

「だったら試してみましょうか。明日はロベルトに言って固いパンを一つ……」

「いやです」

笑顔のままきっぱり拒絶されて、俺はまた噴き出した。温かいスープを運んできたロベルトも、必死に笑い出すのをこらえている。

この屋敷の中がこんなにも明るくなったのは、いつ以来だったっけ。

「それで、あのね、レオさま」

「はい、なんでしょう」

彼女のその言葉を耳にするたび、なんとなく胸がほっこりと温《ぬく》もってくるのを自覚した。

王城でのモヤついた気持ちは、いつの間にか自分の中から綺麗に消えてなくなっていた。

誰かと生活を共にするということは、相手の話に耳を傾けるための時間が必要不可欠なのだということを、俺は胸に刻んだ。

第二章　他愛ない日常

将軍職を拝命してから、俺の仕事内容はガラリと変わった。

以前は朝から晩まで動き回って座る暇もないほどだったが、今はほぼ一日中机に縛りつけられているような毎日だ。

極論を言えば、平時の将軍ほど役に立たないものはないのである。軍を率いて指示を下すのがおもな仕事なのだから、軍を動かす事態にならなければ、出番などなきに等しい。

しょうがないから、ひたすら慣れない書類相手に奮闘するしかない。国王の裁可が必要なものは多くあるが、肝心の王が仕事もせずに遊んでばかりなので、机の上には未決のものがどんどん積み上がっていく一方だ。

それらを捌《さば》くのに大半の時間を費やし、合間に第一から第五軍から廻《まわ》された仕事を片付ける。明らかにこちらの領分ではないものもあるが、そんな理屈が通じる相手ではないので、ただ黙々と手を動かす。

そしてたまにラドバウト王に呼び出され、雑用を押しつけられたり、嫌味を言われたり、下品な話の相手をさせられたりする。

隊長時代は毎日部下たちをしごくのに体力を使っていたが、わりと平気だった。今はあまり身体《からだ》を動かしていないにも拘《かか》わらず、ぐったりするくらい疲れる。頭と精神のほうが疲弊してしまうからだろう。

前将軍が、大して用もないのに拠点にちょくちょく顔を出していた理由が判《わか》った。部下の育成に熱心なのだろうと感心していたが、あれは単なる息抜きだったんだな。どうりで毎回生き生きした表情で「指導」をしていたはずだよ。

実に羨ましい。俺も拠点に行きたい。しかしまだ将軍になって日の浅い俺にはやらなければならないことが山のようにあって、なかなか王城から離れられない。せめて第一軍拠点くらい近くにあればよかったのに。

「第六将軍、おられますか」

書類の束と向き合っていたら、執務室の扉がノックされた。返事をすると、何度か見た顔が扉の向こうから覗《のぞ》いて、思わず眉を寄せる。

「国王陛下がお呼びです。至急参上するようにと」

無情にも告げられた言葉に、ちらっと机の上の書類の山を見たが、「すぐに行く」と答えて、俺は椅子から立ち上がった。

「おかえりなさいませ、レオさま！」

屋敷に帰り着くと、いつもどおりの明るい笑顔と声に出迎えられて、ホッとした。

「ただいま帰りました」

最初のうち、これの後に続けていた「何か変わったことはなかったか」という確認は、五日ほどでするのをやめた。特別に変わったことはなくとも、リーフェ嬢にとっての「報告したいこと」は毎日たくさんあるらしい、ということに気づいたからである。

日々の報告は、些細《ささい》なことから、リーフェ嬢いわく「ものすごく大きな出来事」まで様々だが、夕食時に一生懸命それらを話す時の彼女は、いつでも楽しそうだった。

そしてこの日は、また格別だったようだ。

「あのね、レオさま」

席に着くなり、目を輝かせて口を開く。

「今日、新しいお洋服が届いたのです！」

「そうでしたか」

それでこの表情か、と俺は納得して頷《うなず》いた。

リーフェ嬢の服を新調する件については事前に聞いていたし、金額にこだわらずできるだけ彼女の希望に沿うように、とアリーダにこっそり指示を出しておいたのは俺だ。

最初から作ると時間がかかるので、とりあえずということで、既製の衣服を見繕って手直しを頼むことにしたのだが、選ぶ段階からリーフェ嬢の喜びようは大変なものだったらしい。

興奮しすぎたせいか、その夜は熱を出していたので、次からはアリーダだけに任せず、俺もその場に同席しようと思っている。

「三着も買っていただいて……レオさまにはなんとお礼を申し上げていいか」

「とんでもない」

結婚した以上、妻たる女性の衣食住を不自由ないように揃《そろ》えるのは当然の義務なので、感謝されるようなことではない。購入した衣服の値段は三着合計でもそう大した金額ではなくて、下位貴族である自分を気遣っているのではないかと申し訳なく思っているくらいだ。

「届いたものは、もう着てみましたか？」

「いえ、まだです。まずは買ってくださったレオさまにお礼を言って、それから一緒に見ていただこうと思って」

「はあ……でも」

見たところで、俺は女性の衣装のことは判らない——と言いかけたら、リーフェ嬢の後ろに控えているアリーダが眉を吊《つ》り上げた恐ろしい表情になったので、急いで喉の奥へと引っ込めた。

「はい、もちろんこの後で、見せてもらいます」

言い直した台詞《せりふ》はなんとか正解だったらしい。リーフェ嬢がぱっと笑顔になり、アリーダの顔つきも平常に戻った。

俺はそっと冷や汗を拭った。

結婚生活というのは、意外とスリルがあるものだな……

「実はわたくし、自分でお洋服を選んだのは、これがはじめてだったのです」

食事を終えてから居間に移動し、今日届いたという三着の衣装を次々に箱から出してお披露目すると、リーフェ嬢は少し恥ずかしげに打ち明けた。

「はじめて？　じゃ、今まではどうしていたんですか？」

「母の若い頃のものを直したり……いえ、ごくたまに新しく作ってもらうこともあったのですけど、その時は母があれこれと注文をつけるのです。こんな品のない色はダメ、流行《はや》りの型なんて浮ついたことを考えてはダメ、イアルの娘らしく格調高いものでなければいけないって」

「それは……」

いろいろと窮屈そうだな、と俺は内心で呟《つぶや》いた。

「生地も上等でなければいけない、とこだわるものですから、当然お値段も高くなりますでしょう？　だから服を一着あつらえると、しばらくの間は食事内容がよりいっそう貧しくなるのです。空腹のあまり目を廻すくらいなら、着るものを我慢したほうがまだマシですわ。それで手持ちのものが少なくて……せっかくお洋服を作っても、仕立て上がった頃にはわたくしの胴が細くなっていて、サイズが合わなかったりするのですけど」

ふふふとリーフェ嬢は笑ったが、俺の口元は小さく引き攣《つ》ったただけだった。笑えない。

ロベルトに言って、もっと食事の量を増やしてもらおう。

「今回、なんでも好きなものを、とレオさまが言ってくださって、どんなに嬉《うれ》しかったか！　自分が選ぶものに誰からも文句をつけられないって、素晴らしいことですね、レオさま？　どれを見ても素

敵なものばかりで、決めるまでにとても時間がかかってしまいました」

「……でしたら、三着だけでなく、もっと買ってよかったんですよ」

「まあ、レオさま、自由と無分別は違いますわ。たくさんあるうちから、本当に自分の気に入ったものだけを選ぶ、というのが楽しいのではないですか」

そういうものだろうか。こんなことを聞いたら、むしろクローゼットに入りきらないくらい買ってやりたくなってしまうのだが。

「ほら、ここをご覧になって。今は袖口に大きなレースをあしらうのが流行なのですって。なんて可愛《かわい》らしいのでしょう。そう思われません？」

「うん、可愛いですね」

正直レースの可愛さはよく判らないが、服を自分の身体に当てて浮かれるリーフェ嬢は可愛かったので、そう答えた。

彼女が選んだ三着は、どれも華やかな色合いの、十代の娘らしい衣装ばかりだった。

格式ばっておらず、ふわりと軽そうな生地でできていて、裾もそれほど長くはなくて動きやすそうだ。普段着るのなら、このくらいのほうがいいのだろう。

「ぎゅっと首元まで詰まっていませんし、どこも小さくありませんし、お葬式のような黒でもありません。こういうの、ずっと着てみたいと夢見ていたのです」

頬を染めてそう言うリーフェ嬢の口調からも、表情からも、心からの喜びが伝わってくる。

……ああ、そうか、と俺はここでようやく気がついた。

仕上がった洋服を見せて、リーフェ嬢は俺に褒めてほしかったわけでも、批評をしてほしかったわけでもないんだな。

彼女はただ、この喜びを俺と共有したかっただけなんだ。

夢、か。

「――よかったですね」

俺は目を細めてそう言った。

「明日はぜひ、どれかを着たところを見せてください。楽しみにしていますから」

「……はい！」

リーフェ嬢が満面の笑みで、大きく頷いた。

＊＊＊

仕事の合間、王城の書庫に足を運び、歴史書にざっと目を通してみた。

そんなにしっかりした知識があったわけではないので、この機会にイアル王朝のことをきちんと把握しておこうと思ったのである。今さら、という気もするが、リーフェ嬢の人格形成にかなり根深いところで影響を受けているようなので、知っておくに越したことはないだろう。

現在も貴族から平民にまで尊ばれているイアルの名だが、実のところ、その王朝はそれほど長く続いたわけではない。

嫡流が絶えて王朝交代となるまでに、せいぜい百年ほどか。その前の王朝が五百年以上続いたことを考えると、かなり短命だったと言える。

しかし、短いからこそ、多少美化された思い出ばかりが人々の頭に残った、というのはあるようだ。国に浮沈はつきものである。長ければ長いほど、様々な出来事が起こり、それに従って生活は良くも悪くもなり、不満も出る。

イアル王朝の百年は、戦争も目立った失政もなく、穏やかなものだった。それはたまたま巡り合わせが良かったという面が大きいが、民の印象はどうしたって悪いものにはならない。

「平和な百年」の称号は、イアル王朝の名と共に、輝かしく残ることになった。

そして、おそらくこれがさらにイアルの名を高めた、重要な点なのだろうが。

——当時の王族は、揃いも揃って美男美女ばかりだったらしい。

そういう家系なのか、イアルの一族は、頼りなげな体形で庇護欲《ひご》をそそるような佳人が多かったのだそうだ。いかにも儚《はかな》そうなその容姿を、王朝の短さと重ねて、「朝咲いて夜には萎れる一日花のよう」という詩的な表現までされている。

彼らはその外見どおり、野蛮なことや、争いごとを嫌った。優雅に美しく振る舞うことを良しとし、静謐《せいひつ》で上品なものを好んだとされる。

そういう性質のためか王朝の終焉《しゅうえん》もまた静かなもので、イアルの血を引く家々はゆっくりと没落していき、次第にその数を減らしていった。

イアルの名を利用して上手に世渡りすれば、いくらでも重臣に返り咲けた可能性はあったはずなのだが、残念ながらそういう野心家はこれまでのところいなかったようだ。このあたり、彼らのプライドの高さが邪魔になっているような気もする。

しかしとにかく、「イアル」という名に憧れを抱く者は多いが、その現状は、かなり惨憺《さんたん》たるものである……らしい。

「うーん……」

とりあえずそれだけの情報を得た俺は、小さく唸《うな》った。

何かこう、もっと素直に助力を求めれば、いくらでも差し出される手はあったように思うが、メイネス家がこれほど困窮したということは、それができなかったということなのだろう。

他人に頭を下げるなんてみっともないことをするくらいなら、空腹を我慢するほうがいい、というわけか。

メイネス家が所有する屋敷は大きく立派であるものの、周囲との付き合いはほとんどないらしい。我が家からそう離れているわけでもないので結婚前に挨拶のため訪問したが、門も開けてもらえず追い返されてしまった。

それらもまた、矜持によるものだろう。

貴族の中にそういう人間が多いのは確かだが、それにしたって、と思わずにいられない。

誇りを捨てないのは大事かもしれない。しかしそれを子どもにまで強制するのは、やっぱり酷というものだ。

……リーフェ嬢は、食べ物よりも、「自由」というものに飢えていたのかもしれないな、と俺は思った。

　夕食時、「ご両親に会って、挨拶と話をしたいのですが」と切り出すと、リーフェ嬢はきょとんとした顔になった。

「なぜですか？」

　問いかけられて、こちらのほうが戸惑う。

「なぜって……大事に育てたご令嬢を我が家に迎え入れたわけですから、挨拶させていただくのは当然のことでしょう」

　ついでに、多少の経済的な援助も申し入れようと考えているのだが、それは言わないでおく。

　俺のように身分が下の人間からそんな話を持ち出したら、リーフェ嬢はともかく、あちらのご両親は失礼なと怒り出すかもしれないし。

「必要ございませんわ。だって、結婚式に欠席するという無礼をしたのはあちらなんですもの」

「俺は別に無礼なんて思っていませんよ」

「わたくしが思っているのです。式の前、あの家にいらしたレオさまを、両親は門前払いしたというではありませんか。後になってそれを聞いて、わたくしがどれだけ恥ずかしい思いをしたか判りますか？　この結婚は国王陛下のご命令によるものだというのに」

　そもそもその王命が、俺とイアルの血に対する嫌がらせから出されたものなのだが。

「突然の話でしたし、それは親の情として普通のことでしょう」

「レオさまはお優しいのですね。だからこそ、やっぱり必要ございませんわ。なにしろあの両親は、レオさまのような常識的な方とは別の世界を、ふわふわと漂っているのですもの。顔を合わせたところで、話が嚙《か》み合うはずございません」

リーフェ嬢はひらひらと手を振ったが、俺はなおも食い下がった。

「いや、しかし――」

「レオさま、そのお話はちょっと置いておきましょう。それよりも」

「待って、どこに置くつもりですか」

「食べ物と違って、どこにどれだけ置こうと腐ったりしないのでご安心くださいまし。それよりも、わたくし重要なことを思い出しました。あのねレオさま、今日、大変なことがあったのです」

「た、大変なこと？」

リーフェ嬢の言葉にまんまと気を逸《そ》らされて、俺は「何があったんです？」と身を乗り出した。

「ほら、これをご覧ください！」

椅子の背と自分の間に隠してあったものを取り出して、リーフェ嬢が大仰に両手で掲げてみせたのは、二通の手紙だった。

「なんです？　あ、リーフェ殿のご両親が心配して……」

「まあ、惜しい。でも違いますわ、これはレオさまのお父さまからのお手紙です」

「は……父から？」

一瞬ぽかんとしてから、思い出した。

そういえば、結婚してすぐの頃、リーフェ嬢が父に宛てて手紙を書くのだと張りきっていたことがあったな。「どんなことを書けばいいか」「こんな内容で嫌われないか」「読みにくい文字だったらどうしよう」とさんざん気を揉《も》んでいた姿が脳裏に蘇《よみがえ》る。

「返事が来たんですか」

「そうなのです！　こちらの一通はレオさま宛てですわ。わたくしにいただいたお手紙は、待ちきれなくて、先に読んでしまいました」

「そうですか……大したことは書いてなかったでしょう？」

俺は無造作に自分宛ての手紙を開封しながら訊《たず》ねた。なにしろ父は生真面目で融通の利かない、軍人気質の朴訥《ぼくとつ》な人である。俺と同じで、女性に対して気の利いた文章など書けるはずがない。

「とんでもない、とっても丁寧で親切なご返事でしたのよ！　生真面目で融通の利かない軍人の息子ですが、よろしく頼みます、と書いてありました」

「余計なことを……」

憮然《ぶぜん》としてぶつぶつ言いつつ、手紙を開く。

俺のほうはまったく丁寧でも親切でもなく、「一体どういう事情があって突然将軍になったり結婚したりしているのか知らんが、とにかく妻となった女性を大事にしろ」と不愛想な調子で書いてあるだけだった。

リーフェ嬢のほうの手紙もちらっと見せてもらったが、文章どころか文字も、確かに驚くくらい丁寧だ。

父のことだから、これを仕上げるまでに何枚も紙を反故《ほご》にして書き直し、一文字一文字慎重に綴《つづ》ったのだろう。俺への手紙がほとんど殴り書きなのは、気力が尽きたからに違いない。

「お手紙をしたためた時には緊張しましたけれど、わたくし、お義父上《ちちうえ》さまに嫌われずに済みましたでしょうか」

「もちろんですよ」

どちらかというと、返事を書いている時の父のほうがよほど緊張していたと思う。高位貴族すら縁がなかったのに、ましてや相手はイアルの血筋だ。

リーフェ嬢は、ほうっと息を吐き出した。

「よかった、安心いたしました。いつかお会いできるといいのですけど」

「そうですね。でも領地が遠いので、なかなか……その点、リーフェ殿のご実家はさほど遠くないので、いつでも行けるんですがね」

「あの、お訊ねしてもよろしいでしょうか。レオさまのお母さまは、どのような方でしたの？」

蒸し返そうとした俺の話を綺麗《きれい》に聞き流して、リーフェ嬢はころっと話を変えた。

思わずため息をつく。この件は彼女を介さずに、俺も手紙を出したほうがよさそうだ。

「どのようなといっても……正直、あまり覚えていないんです。俺が幼い頃に亡くなってしまったものですから。身体の弱い人で、ベッドにいる時の姿がぼんやり記憶にあるくらいですかね」

だから俺も小さい頃は、外で遊ぶより、家の中にいることのほうが多かった。ベッドにいる母に絵本を読んでもらったり、その近くで転がって遊んだり。あまりうるさくすると身体に障る、と父は渋い顔をしていたが、いいのよ、といつも母は笑って許してくれていた。

話しているうち、不思議と徐々に、おぼろげだった女性の顔がはっきりしてきた。歌を口ずさむ声までが、ふっと聞こえてくるような気がする。

そういえば、誰かと母の話をしたのは、ずいぶんと久しぶりだ。母が亡くなってから、この屋敷の中では、なんとなくタブーのような扱いになっていたからな。

リーフェ嬢は柔らかく目元を緩めた。

「レオさまと同じで、優しいお母さまだったのですね」

「そう……そうですね、優しい、人でした」

俺は視線を遠くに投げて答えた。

うん、いつも優しく穏やかな母だった。自分の命がそう永くないと薄々察していたのか、たまに「ごめんね」と謝っていたっけ。

あまり覚えていないと言ったが、それは忘れてしまったわけではなく、胸の奥で眠らせていただけだったようだ。一度引っ張り出して手繰り寄せると、在りし日のことが次々と思い浮かんだ。

今になって、母に悪いことをした気分になる。せめて時々は、こうして彼女の思い出に寄り添ってやるべきだった。

リーフェ嬢が機会をくれなければ、母の記憶はこの先もずっと眠ったまま、いずれ本当に消えてしまっていたかもしれない。

「……リーフェ殿」

「はい？」

静かに呼びかけると、リーフェ嬢は首を傾《かし》げた。

「実は明後日あたり、休みを取ろうと思うんですよ」

「まあ、ようやくお仕事のほうが片付いたのですね」

いや、ちっとも片付いてはいないのだが、無理やりにでも休みを取るつもりなのだ。

溜《た》まっていくばかりの書類仕事も、まったく実のないラドバウト王の呼び出しも、そろそろ忍耐の限界を迎えつつある。婚姻の前後さえ休みも取らずに働いていたのだから、一日くらいは許されるだろう。

リーフェ嬢とは、朝と夕食時のわずかな時間しか話ができていない。俺たちにはもっと互いを知る努力が必要だ。

「ですからその日は、あなたに一日中お付き合いします。どこか行ってみたいところはありますか？もしくはやってみたいこととか。欲しいものがあれば、買い物に行きましょうか」

「まあ……」

リーフェ嬢は目を丸くして、頬を紅潮させた。

行きたいところ、やりたいこと、欲しいもの——と復唱するように呟いて、うっとりと両手を組み合わせる。

そのまましばらくじっとしていたが、やがて手を解いて、こちらに向き直った。

「あの……どれも非常に魅力的なご提案なのですけど、それは次の時のお楽しみにして、明後日のお休みは別のことをお願いしてもよろしいでしょうか」

「はい、もちろん構いませんが……あ、もしかして、その日は都合が悪いとか、そういうことですか？　でしたら休みは他の日にしても」

「いえ、そういうことではなく、実はその……できましたら、このお屋敷で、一日レオさまとゆっくりしたいな、と思いまして」

もじもじしながら言われた言葉に、虚を突かれた。

買い物だろうが観劇だろうが、リーフェ嬢が楽しめそうなことに付き合うつもりでいたのだが、そう来るとは、まったく予想していなかった。

「ゆっくり……ですか？」

「はい。レオさまがお休みの時はどうしておられるのか、知りたいのです。ずっと一緒でなくてもいいので、ご本を読んだり、お昼寝をしたりして、その合間に、わたくしと過ごしてくださいませんか？　お菓子を食べたり、お喋りしたり、お茶を飲んだり、お散歩したり、お菓子を食べたり」

同じものが二つ入っているような気がしたが、そこは追及しないでおく。

「そんなことでいいんですか？」

「そうしたいのです。よろしいですか？」

「もちろんいいですよ。でも……」

せっかくなのだから、もっと有意義な休日にしたほうがいいのではないか、と思ったが、リーフェ嬢が「楽しみです！」とにっこりしたので、それ以上の反論はできなかった。

＊＊＊

そして翌々日。

リーフェ嬢は朝から、袖口に大きなレースのついた、薄紫の衣服を身につけていた。夜が明ける頃の空のような淡く明るめの色なので、全体的に優しい印象を受ける。

以前に購入した三着のうちのいちばんのお気に入りで、今まで着ずに取っておいたのだという。

二人で朝食をとった後は、リーフェ嬢の希望で、屋敷の近所をのんびりと散策した。

外出の時は馬車を使うので、結婚前の彼女は、自分の足で道を歩くという経験をほとんどしたことがなかったらしい。門を出るところから、ずっと緊張しているようだった。

「そもそも、あまり外に出ることもなかったのですけど」

「身分の高い女性は、そういうものかもしれませんね。怖くはありませんか？」

俺にとっては「散歩」のうちにも入らない近距離だが、深窓の令嬢には大冒険に感じられるのかもしれない。そう思って聞いてみたら、リーフェ嬢は勢いよく首を横に振った。

「いいえ、ちっとも。だってレオさまがいますもの！」

こちらを見上げる金の瞳は、絶大な信頼に溢《あふ》れている。俺は面映ゆくなった。

まるで決死の覚悟で密林に足を踏み入れる女性の護衛をしているかのようだ。少しだけ顔を動かせば、そこにはちゃんと我が家の塀が見えているわけなのだが。

「外の世界は、危険がいっぱいなのですよね？」

「それはまあ、そのとおりです」

否定しなかったのは、あまり安心させてもいけないと思ったからだ。屋敷の外では、慎重すぎるくらい用心したほうがいい。この国は、若い女性がどこを歩いても大丈夫、というほど平和なわけではなかった。

いやはっきり言えば、以前よりもずっと荒れている。

ラドバウト国王が君主となってから、その無慈悲な圧政で、民の困窮がどんどんひどくなっているためだ。各地で暴動や反乱が起きたり、馬車に乗る貴族を襲撃する事件も頻発している。

そういう時に、鎮圧せよ、捕縛せよという命令が下されるのが、第六軍である。しかし、「徹底的に叩《たた》き潰せ」という通達が来ても、物資の補充や援軍について、上は知らんぷりだ。

人員も武器も、何もかもが足りない無茶な戦いに突っ込まれて、仲間や部下が、一人また一人と減っていった。少しでも軍内の犠牲を減らそうとすれば、その結果として、暴動を引き起こした民たちが大量に処罰される。

……彼らはただ、自分たちの暮らしを守ろうとしただけだっただろうに。

俺にもっと力があれば、助けられるものはたくさんあったかもしれない。そう考えて、一心不乱に突き進んできた。そのうち隊長にまでなってしまったが、それでも俺の手の中からは、ぽろぽろといくつもの命がこぼれ落ちていった。

毎日のように見せつけられる「現実」の前では、軍に入る前に抱いていた「理想」など、なんの役にも立たないと痛感する日々だった。

夢も希望も打ち砕かれて、今の俺に残っているのは――

「やっぱりそうなのですね！」

リーフェ嬢の声ではっと我に返り、急いで意識を引き戻した。こんな時に何を考えているんだ。

今日は彼女を楽しませることに専念しないと。

「街に出ると、人攫《さら》いに遭ったりするのでしょう？」

「そういうこともあり得ます」

「悪い人に騙《だま》されて売り飛ばされたり」

「人を見る目は養わないといけませんね」

「迷い込んだら二度と外に出られない場所があったり」

「ある……かもしれませんが」

「油断すると魔物に食べられてしまったり」

「……ちなみにその知識は、誰から？」

訊ねると、リーフェ嬢は当然のように「兄です」と答えた。

「幼い頃、兄が飴《あめ》を持っているのを見つけて、一つちょうだいとお願いしたのです。そうしたら、これは魔物対策で持ち歩いているから駄目だと断られましたの。なんでも、魔物は甘いものが好きだから、もしも襲われた時はそれを放って気を逸らし、その間に逃げるのですって。……まあ！　レオさま大変です、わたくしすっかり忘れて……」

リーフェ嬢は両手を口に当て、顔色を変えた。

俺は少し考えてから、「いや……たぶん、飴がなくても大丈夫ですよ」とだけ返した。どこから訂正していいのか、さっぱり判らなかったのである。

俺の言葉に、リーフェ嬢は安心したように胸を撫《な》で下ろした。

「そうですか。やっぱりレオさまは将軍だけあって、魔物に襲われても大丈夫なのですね」

ますます誤解が大きくなっただけの気がする。

いくら将軍でも、魔物と戦うための訓練はしていない。それにリーフェ嬢の頭の中だけに存在している「魔物」というのも、どんな生物なのかさっぱり想像がつかない。

「……兄上は、どういう方なんですか？」

「わたくし、以前にも申しませんでしたか？」

「もう少し俺に理解できる範囲で説明をしてもらえたらと思って」

「それは無理です。だってあの兄のことは、わたくしにもあまり理解できませんもの」

残念ながら、という顔でリーフェ嬢が言った。兄は一体どういう人なのだろう。

「デリカシーに欠ける、というのは間違いないのですけど」

「それは耳が痛いですね」

思わず苦笑したら、リーフェ嬢は目を瞬《しばたた》いた。

「あら、レオさまは兄とはまったく違います。そう、たとえば……ほら、あちらをご覧になって」

指で差したのは空の方角だ。何があるのかと俺もそちらに目をやったが、青く澄み渡った空には、雲一つなかった。

「鳥が飛んでいますでしょう？」

「ああ……言われてみれば」

白い鳥が羽を広げて、悠然と宙を舞っている。目を眇《すが》めたが、遠すぎて鳥の種類までは判らなかった。

「わたくし、ずっと、鳥に憧れておりましたのよ」

リーフェ嬢も顔を上に向けていた。遠い目をしているが、それは鳥だけを見ているわけではなさそうだ。

「空を飛びたかった、とか？」

「それもありますが、自分の意志一つでどこにでも行けるというのが、とても羨ましかったのです。朝起きたら、背中に羽が生えていないか、何度も確認したものですわ。可笑《おか》しいですよね」

「いや、可笑しくなんてないですよ」

そう言うと、リーフェ嬢はこちらに顔を戻して俺を見た。

「俺も同じことを考えたことがありますからね。……これは内緒ですが、今もたまに考えることがあります。羽が生えて、どこかに飛んでいけたらいいのにと」

冗談めかして言うと、リーフェ嬢は少し目を見開いた後で、「まあ」と笑った。

子どもの頃の「鳥になれたら」は、無邪気な夢想だ。大人になってからのそれは、かなり逃避の意味合いが大きい。年を経るにつれ、自分の身を縛りつける鎖は増えて、重くなっていく一方だったから。

「羽を生やしたり、空を飛ばせてあげたりすることはできませんけど、せめてリーフェ殿が行きたいところに行けるよう協力しますから、いつでも遠慮なく言ってください」

下位貴族だからと気を遣わなくてもいい、ということを遠回しに伝えたつもりだったのだが、リーフェ嬢は少しの間、黙り込んだ。

じっと俺を見つめた後で、

「……ほら、やっぱりレオさまは、兄とはぜんぜん違います」

小さな声でそう呟き、じんわりと頬を染める。

「どういうことです？」

「昔、鳥はいいわね、とわたくしが言った時の、兄の返答とまるで違うという話ですわ」

「兄上はなんと言ったのですか」

「思い出すだけで腹が立つので申せません」

リーフェ嬢はそれきり、兄について口を噤《つぐ》んでしまった。その人物に対する謎は深まるばかりである。

しかしとにかく、仲の良い兄妹《きょうだい》なのだろうと思う……たぶん。

「ずっと一緒でなくてもいい」とリーフェ嬢は言っていたが、屋敷に戻ってからも、なんとなく二人で過ごした。

これといってすることがないな、と思っていたのはどうやら俺だけだったようで、リーフェ嬢は次から次へとやることを思いついては実行に移していた。

本棚から俺が子どもの頃に読んでいた本を引っ張り出してはしゃぎ、「ドキドキしますね！」と言いながら屋根裏の探検をし、厨房《ちゅうぼう》で昼食の準備を興味津々で見学してロベルトを緊張させ、アリーダと共に庭に出て花壇に植える花について頭を悩ませる。

今までは休みというと、本を読むかぼんやりするかのどちらかしかなかったので、こんな小さな屋敷のあちこちで「ワクワクすること」を見つけ出すリーフェ嬢の才能には、舌を巻くばかりだ。

それに、俺のほうでも驚きがあった。

新しいメニュー構想について饒舌《じょうぜつ》になるロベルトや、声を上げて大笑いするアリーダの姿なんて、これまで見たことがなかったからだ。この二人とは、長い付き合いなのに。

素直なリーフェ嬢の前では、誰もが素直に自分をさらけ出してしまうのだろうか。

「レオさま、風が気持ちいいですね」

花壇の前でそう言われて、俺は顔を上げた。

本当だ。花をふわふわと揺らす程度に吹く風は、爽やかで柔らかで、気持ちがいい。

「葉擦れの音って、とても素敵だと思いません？」

庭の植木の葉がサラサラと音を立てている。まるで風にくすぐられて笑っているかのようだ。

「まあ、いい匂い。ロベルトが、ケーキを焼いてくれているのですね。今日はオレンジのケーキだと聞きましたわ。ロベルトのお菓子はいつも絶品ですもの、楽しみですね、レオさま」

確かに、甘い香りが漂ってくる。最近、ロベルトは菓子作りの腕がめっきり上がった。

改めて意識を向けてみれば、自分の周囲には様々な色があり、音があり、匂いがあるのだと実感させられる。

美しい、気持ちいい、美味《おい》しい、楽しい――そんな風に思うことから、ずいぶん長く遠ざかっていたな、と俺はしみじみと考えた。

母の思い出といい、リーフェ嬢はいつも、ひたすら前しか見ていない俺に、少しだけ立ち止まって振り返ることを教えてくれる。

彼女の目を通して見ると、この世界には、常にどこかに新しい発見があり、新しい喜びがあった。それを聞くたび、俺の心もまた、新鮮な驚きに満たされ、感情を揺り動かされる。

今まで、当たり前のように目には映っていても、耳には届いていても、何も考えず通り過ぎてきたもののすべて。

綺麗なもの。優しいもの。温かいもの。安らぎを与えてくれるもの。彼女が感じるそれらに一緒に目を向け、何かを思い、分かち合う。

二人でいる時間は、普段よりもゆるやかに流れていくようで、明るく眩《まぶ》しく、心地よかった。

――きっと、こうして少しずつ自然に、リーフェ嬢の存在は、俺の日常の景色の一部として溶け込んでいくのだろう。

それは、とても嬉しいことに思えた。

「旦那さま、奥方さま、ケーキが焼けましたよ。お茶になさいますか？」

ロベルトに呼ばれて、リーフェ嬢が「はい！」と笑顔で返事をする。

「まいりましょう、レオさま」

「ええ。――あ、リーフェ殿、どうぞ」

近くにいたアリーダに目で促され、慌てて腕を差し出し、エスコートを申し出た。

こういうことは慣れていないので我ながらぎこちないが、リーフェ嬢が「ありがとうございます」と微笑《ほほえ》んで腕に手を添えてくれたので、ホッとした。彼女の仕種《しぐさ》はさすがに洗練されている。

「今日はお天気が良いので、星も綺麗でしょうね。夜になったら一緒に眺めていただけますか？」

並んで歩きながら愛らしいお願いごとをされて、「もちろん」と頷いた。

「でも、あまり夜更かししてはダメですよ。風邪をひくといけませんし」

「わたくし、こう見えて丈夫なのです。それにきっと、あまり遅くまでは起きていられませんわ、ご存じでしょう？　実家では蝋燭《ろうそく》がもったいないからと、うんと早い時間に寝ていたのですもの」

「ああ、まあ確かに、寝つきはいつも大変いいですね」

アリーダがちょっと不思議そうな顔をしている。「夫婦の会話にしては変だな」と思っているのだろう。俺は素知らぬ顔でリーフェ嬢と屋敷の中に入った。

俺たちがまだ、「本当の夫婦」になっていないのは、二人だけの秘密だ。

当初の青白い顔をしていた頃に比べ、ずいぶん健康的になってきたリーフェ嬢だが、これはこれで今さらきっかけが掴《つか》めないというか……彼女が嫁いできた「第六将軍」というのがどういうものか、未《いま》だちゃんと説明していないということもあって、なんとなくその件については先延ばしにしたままになっていた。

そのせいなのか、リーフェ嬢は時々、自分自身を見下ろして難しい顔つきで首を捻《ひね》り、「まだ大きさが……」とぶつぶつ言っている。

それを見るたび、俺は笑いを噛み殺すのと、ぐらつく気持ちを悟らせないようにするのとで、結構大変だ。

しかし、今のところはまだこれでいいんじゃないか、と思うのも嘘ではない。

今夜は二人で星を見て、ベッドに入れば、疲れたリーフェ嬢はあっという間に寝入ってしまうだろう。

彼女の寝息に耳を傾けながら、俺も眠りにつこう。

——今日は素晴らしい休日だった、と思いながら。

第三章　波乱の舞踏会

結婚して一か月が過ぎた頃、王城で、リーフェ嬢の兄のヴィム氏に会った。

廊下を歩いている時に、あちらから声をかけられたのだ。振り返ると、ひょろりと痩せた青年がニコニコしながら手を上げているので驚いた。

ずっと謎であった人物との、二度目の対面である。

「これは……義兄上《あにうえ》」

慌てて挨拶しながら、こうして見るとやはりリーフェ嬢と面差しが似ているなと思う。男性なのにほっそりと儚《はかな》げな風情があるのは、イアルの血筋というのが関係しているのだろう。

「あはは、いやだな。僕はヴェルフ将軍よりも年下なのだから、義兄上というのは勘弁してください」

王城に勤めているだけあって、妹よりもずっと世慣れた様子で、彼は気さくに言った。

その表情からは、「身分が低いくせに妹を攫《さら》っていった盗人《ぬすっと》め」というような敵愾《てきがい》心は感じられなかったので、少し安堵《あんど》した。

「メイネス家のご両親のほうにもご挨拶に伺わず、申し訳ありません。何度か、手紙で面会を申し込んではいるのですが……」

こちらがいくら手紙を出しても、あちらからの返事はなしのつぶてなのである。

訪問したところでまた門前払いをされるに決まっているし、リーフェ嬢に伝えればさらに両親に対して頑《かたく》なになるだろう。正直どうしたものか、考えあぐねている。

せめて、リーフェ嬢の近況を綴《つづ》った手紙に、目を通してくれていればいいのだが。

「ああ、いや、お気になさらず。あの人たちは、普通の人間とは別の世界に生きているのです。どうせ会ったところで、話が噛《か》み合うわけがないのですから、放っておけばよろしいですよ」

ヴィム氏は、以前リーフェ嬢がしたのと同じようにひらひらと手を振って、その時に彼女が出した返事と同じ内容を口にした。

「しかし……」

「将軍もわざわざ嫌味を聞きに行きたくはないでしょう？　あの家に行ったって、菓子の一つも出てくるわけではありませんしね。出てきたとしても、色もついていないような薄いお茶くらいですよ。あ、それは嫌がらせではなく、ただ単に貧乏だからなんですけどね。僕はいつも、なるべく喉を潤してから家に帰るようにしています」

あまり笑いごとではないようなことをさらりと言って、あっはっはと軽く笑う。

リーフェ嬢も大概だが、兄のほうも、「イアルの血筋」という先入観を容易《たやす》く覆す人物だな、と俺は少々面喰《めんく》らいながら思った。

「ヴィム殿は、アルデルト王太子殿下の近侍をしておられるとか……」

俺がそう言うと、彼は意味ありげに目を細めた。

「ええ、まあ。意外でしょう？　落ちぶれた貴族の子息が、そんな仕事をしているなんて」

「いや……」

俺は首を横に振ったが、どうにも歯切れが悪くなってしまったのは仕方ない。

確かに王太子の近侍といえば、将来は政治を担う重鎮にもなれるかもしれない大した立場で、他人から羨望の目を向けられるはずの役職だ。

普通ならその地位は、権勢を振るう高位の貴族子弟などが独占していて、滅びた王朝の流れをくむというだけの零落した一族が入り込む隙間などない。

……普通なら、だが。

ヴィム氏は、俺の考えを見透かしたように、くすくす笑って顔を寄せた。

「……誰もがイヤがる仕事は、手に入りやすい、という話です。それはあなたもでしょう？　第六将軍。まあ、僕の場合、あなたと違って、苦労して作り上げた人脈と伝手《つて》とイアルの名を、最大限に利用してやったのですがね」

人の悪い顔をして口角を上げる。俺はなんとも言いようがなくて、口を噤《つぐ》んだ。

「なにしろ両親があんななので、僕が金を稼がないと。そのためには、どんな手でも使います。妹は、あなたのような金ヅ……いや、頼もしい方を捕まえられて、幸いでした」

「金ヅル」と言いかけた言葉を適当に誤魔化して、ヴィム氏はにっこりした。

「メイネスの家では、僕も妹も、大きな声を出してはいけない、口を開けて笑ってもいけない、あれこれと欲張って食べるのは卑しいことだ、とうるさく言われて育ちましたからね。僕は男だからまだよかったのですが、妹はイアルの血にがんじがらめにされて、まるで籠の鳥のようでしたよ。いつもひっそりと、笑いもせず、静かに無表情で過ごしていました。両親の思惑はともかくとして、『イアル』の名を望む高位貴族の誰かに求められるより、あなたが結婚相手で、僕はよかったと思います」

俺は返事ができなかった。

……あの感情豊かで、くるくると表情の変わる、いつだって明るいリーフェ嬢が？

メイネス家では、彼女はどれだけたくさんのものを、心の奥に押し込めて過ごしていたのだろう。

そこでやっと悟った。

俺が両親と会うのをリーフェ嬢がなんとか避けようとするのは、もしかしたら、またあの家に連れ戻されるかもしれないと怯《おび》えているから、なのではないか。

空を舞う鳥に憧れる彼女がいちばん恐れるのは、また狭い鳥籠の中で暮らさねばならないことだ。

かつての彼女を想像し目を伏せた俺に構わず、ヴィム氏ははははと陽気に笑った。

「僕としても、食い扶持《ぶち》が一人減りましたのでね、あなたには感謝しているのです。妹を末永くお願いしますね、将軍。僕も頑張って、実家が裕福で、権力があって、現実的で、僕にメロメロになってくれる女性を見つけようと思います」

「はあ……」

なんとなく似てる、この兄妹《きょうだい》……。

そんなことを思った時、ヴィム氏が突然「あれっ」と素っ頓狂な声を上げた。

彼の視線が俺の背後に向かっていることに気づき、後ろを振り返る。

そして、ぎょっとした。

「アルデルト王太子殿下？」

ヴィム氏が仕えている王太子が、ふわふわとした足取りで、廊下を歩いていた。その横にも後ろにも、どういうわけか、護衛の姿がない。

まさか王太子が一人で王城内をうろついているのかと、俺は急いでそちらに駆け寄った。

「どうなさいました、殿下。何かございましたか」

よほど切羽詰まった何かが起きたのかと緊張して問いかけたのだが、肝心の王太子本人は、どこかぼんやりとした顔で視線を彷徨《さまよ》わせている。

今一つ定まらない茫洋《ぼうよう》とした目が、俺を通過して、あまり焦っている様子もないヴィム氏に向けられた。

「ああ……ヴィム。ここ、どこかなあ。ちょっと、迷ってしまったようだよ」

王城内で、迷う？

俺は困惑したが、そばに寄ってきたヴィム氏は苦笑して、王太子の手をそっと取った。壊れ物を扱うような手つきだった。

「そうか、護衛ともはぐれて、迷ってしまわれたんですね？ それは心細いことでしたね、殿下。僕が目を離したのがいけませんでした。お部屋に戻りますか？ それとも、このまま外に出て、少しお散歩いたしましょうか」

幼子をあやすような言い方に、王太子がやんわりと微笑《ほほえ》む。

「あ……うん……散歩かあ……そうだねえ、温室の薔薇《ばら》は、もう咲いたかなあ、ヴィム？」

「そうですね、咲いているかもしれません。一緒に見にまいりましょう。きっと綺麗《きれい》ですよ」

「うん。楽しみだねえ」

五歳児がしているような会話だが、アルデルト王太子はこれでれっきとした二十五歳の成人である。

ラドバウト王のようにでっぷりと太ってはいないが、ヴィム氏よりはよほど背が高く、体格もいい。

その成人男性が、弛緩《しかん》した表情で、子どものように近侍に頼りきっているのだから、なかなかその光景は異様なものがある。

話には聞いていたが間近で見たのははじめてで、俺は内心の狼狽《ろうばい》を押し隠すのがやっとだった。

口さがない連中が嘆いていたのはこのことか、と理解する。

父は暗愚で、息子は愚鈍。

ノーウェル国の未来は真っ暗だ——と。

この国では、正妃の子しか王位継承が認められていない。ラドバウト王の正妃は二人男子をもうけたが、二人目を産み落とすとすぐに亡くなった。長男はなかなか才覚のある人物であったと聞くが、やはり十五年ほど前に事故で亡くなっている。

王はその後、妾《めかけ》は多く持ったが正妃は持たなかった。王には兄弟もいない。

よって正式な王位継承者は、唯一このアルデルト王太子だけ、ということになる。

傍若無人な現王に不満を抱いている者は多いが、誰も表立って反旗を翻せないのは、このあたりにも理由がある。

君主が代わっても、それはそれで国が乱れるだろうことが目に見えているからだ。

「――アルデルト王太子殿下、もしもよろしければ、私が護衛をさせていただきますが」

しかしとにかく、このまま王太子を放置しておけるはずもない。俺がそう申し出ると、王太子はようやくここで俺の存在に気がついたのかびっくりした顔をして、怯えるようにヴィム氏の背中に隠れた。

「だ、だれ……？」

いや、王太子のほうがヴィム氏よりもずっと大きいので、隠れられてはいないのだが。

ヴィム氏が安心させるように笑いかける。

「第六軍の新しい将軍ですよ、殿下」

「レオ・ヴェルフと申します。不束《ふつつか》ながら、このたび第六将軍の責を担うことになりました。アルデルト王太子殿下におかれましては、ご健勝のご様子でなにより――」

俺の挨拶が終わらないうちに、王太子は顔を伏せて子どもがいやいやをするかのごとく首を振った。

どうやら、怖がらせてしまったらしい。

困っていると、ヴィム氏が取りなすように笑みを浮かべた。

「申し訳ない、ヴェルフ将軍。アルデルト殿下は少々人見知りをするご気性でありまして。しかしご心配には及びませんよ、おっつけ、護衛もこちらにやって来るでしょうから」

「しかし……」

「王族の護衛は第一軍の管轄ですからね。第六将軍が出てくると、ややこしい話になりかねない。ここは見なかったことにしておいてください」

ヴィム氏のあっさりとした物言いに、反駁《はんばく》できない。確かに、ここで俺が出張ると、後で第一軍のほうから抗議されそうだ。

あちらは高位の貴族ばかりが在籍している軍だから、誰もかれも揃《そろ》って非常に自尊心が高く、人の意見に耳を貸さない傾向がある。

自分たちの怠慢を棚に上げて、第六軍がこちらの領分に首を突っ込んできたと文句を言い立ててくるのは、十分考えられる話だった。

「……申し訳ない。本当に大丈夫でしょうか」

「ええ、大丈夫です。殿下のおそばにいる者は、こういうことに慣れておりますから」

そう言って、「ね？」というように片目を瞑《つぶ》る。

——なるほど、こういうことがあるから、日頃甘やかされて育った気位の高い子息たちには、この仕事が務まらないのだなと納得した。

複雑な気分で立ち尽くす。

その俺に、ヴィム氏が去り際、笑顔でとんでもないことを言った。

「それでは将軍、今度は舞踏会でお会いしましょう。妹と会えるのを楽しみにしています」

俺は一瞬、石になった。

「……は？」

「ですから、舞踏会で」

「なんですか、それは」

「あれ、まだ招待状が届いていませんか？　じきに、王城で舞踏会があるんです。欠席不可ですよ」

「ご冗談を……そんな大それた催しに、俺のような身分の低い人間が招待されるはずが」

「ご存じありませんか。第一から第六までの将軍は、身分に拘《かか》わらず強制参加です。もちろん、パートナー同伴です」

「…………」

それを知っていたら、俺は何があっても絶対に将軍職なんて引き受けなかった。

「……あいにく、その日は、田舎の父が危篤になる予定で」

「あっはっは、楽しい冗談を言う方だなあ」

低い声で出した俺の断りの言葉を笑い飛ばして、ヴィム氏は子どものような王太子の手を引いて去っていってしまった。

俺はこの時ほど、強く思ったことはない。

——将軍辞めたい。


青い顔で屋敷に帰ると、リーフェ嬢はすぐに俺の異変に気づいたらしかった。

「レオさま、ご気分でも悪いのですか？　お夕飯は後にして、とにかくこちらへ」

なにより大事な食事を後回しにしてまで俺を気遣ってくれるのは嬉《うれ》しいが、正直言って「大丈夫」

と返す余裕もない。

俺は彼女に手を引かれるまま、ふらふらと居間に連れていかれ、ソファに座らされた。

リーフェ嬢が床に膝をつき、下から俺を覗《のぞ》き込む。

「それで、どうなさいました？　どこか痛むのですか？　お水をお持ちしましょうか」

初夜の時と立場が逆転している。

リーフェ嬢が心配そうに眉を下げているのを見て、申し訳ないのと同時に、ほんのちょっとだけいい気分になったのは否定しないが、今はそんな場合ではない。

俺は頭を垂れ、陰気な声で「──実は」と切り出した。

「今日、あなたの兄上とお会いしたのですが」

「まあ」

リーフェ嬢が下げていた眉をきゅっと上げた。

「あの兄が、レオさまに向かって、どんなろくでもないことを申しましたか。ことによっては、ただではおきません」

「いや違います、兄上はただ……」

「ただ？」

「今度、王城で舞踏会があるので、その時にあなたと会えるのを楽しみにしている、と」

俺は真剣そのものの顔で言ったが、リーフェ嬢はきょとんとしただけだった。この人は事の重要性をまったく理解していない、とさらに絶望しそうになる。

「舞踏会、ですか。それで？」

「それだけです」

「は？」

「将軍になったら、その舞踏会に出席しなければならないらしいのです。ここに帰るまでの道中、欠席の口実を十個くらい考えましたが、どれも通るとは思えません。強引に断れば陛下の不興を買いかねないし、そうなると誰にどんな害が及ぶか予想がつかない。だからどうしても、舞踏会には出席せねばならないという結論に……」

俺は呻《うめ》くように頭を抱えた。

リーフェ嬢はまったくわけが判らないというようにぽかんとしている。

「でしたら、出席なさったらよろしいのでは？」

「しかしリーフェ殿、舞踏会ということはダンスを踊らなければならないということで」

「そうですね」

「しかも、あなたとです」

「ご迷惑でしょうか」

「とんでもない。しかし、俺があなたとダンスを踊ったりしたら、ですね」

「はあ」

「下手をしたら、あなたを踏み潰して殺してしまいかねません……！　それくらい俺は本っ当に、致命的に、ダンスが苦手なんです！」

両手で顔を覆って、苦悶《くもん》の声を漏らした俺に、リーフェ嬢は無言だった。

しばらくして、思いきり噴き出す音が聞こえた。

手を外して顔を上げると、楽しげな瞳がこちらを覗き込んでいる。

「苦手だったら練習いたしましょう」

という、至ってさっぱりとしたリーフェ嬢の提案に、俺は引き攣《つ》った表情で断固として首を横に振った。

「いや無理です」

「そんなことを仰《おっしゃ》っているから、いつまで経《た》ってもお上手にならないのでは？　基本のステップはご存じなのでしょう？」

そう言いながら、俺の両手を引っ張ってソファから立ち上がらせ、居間の真ん中に連れていく。俺は真っ青になった。

「あなたを相手に練習するんですか」

「おイヤですか？」

「イヤもなにも……リーフェ殿、俺は本気でダンスは駄目なんです。これまで何度、これで失敗したか……もしもあなたの足を踏んづけたりしたら、いや、絶対間違いなく踏むに決まっているんですが、そうなったら」

「平気です、わたくしの足はこう見えて鋼鉄製ですから」

「ウソだ！」

俺からすると、リーフェ嬢の華奢《きゃしゃ》な足は、脆《もろ》くて薄くて繊細なガラス細工のようなものである。

俺が踏んだら、確実に壊れて砕ける。

もしも一生使い物にならなくなったり、歩けなくなったりしたら、どうすればいいのだ。

「将軍ともあろうお方が、いつまでもぐずぐずと駄々をこねているものではございませんわ。さあ、わたくしの手を取って、腰に手を廻《まわ》して」

ぴしゃりと叱りつけられて、俺はこわごわ、彼女の柔らかな手を取り、細い腰に手を置いた。どれくらい力を入れていいか判らない。本気で怖い。

「音楽に合わせて動いていれば、それなりに見えるものです、大丈夫ですよ」

「そんないい加減な」

リーフェ嬢はダンスが上手《うま》かった。動きが滑らかで、花弁が舞うように流暢《りゅうちょう》で美しく、気品もある。これもきっと実家できっちり躾《しつ》けられたのだろう。高貴な血筋なのだから、当然だ。

俺がただの観客だったら、間違いなく息をするのも忘れるくらいに見惚《みと》れる。切実に、眺める側に廻りたい。

「レオさま、足元ばかりご覧になっていないで、お顔を上げてくださいまし。余計に目立ってしまいますよ」

そんなこと言ったたって。

「わたくしの目を見てくださいな」

優しい声に誘われて、おそるおそる顔を上げる。

リーフェ嬢の顔は俺のそれよりもずっと下にあったが、今までのどんな時よりも距離が近くて戸惑った。そういえば、こんなにもお互いの身を寄せ合ったこともかつてない。

今さらになって、耳が熱を持ちはじめた。

最初のうち、不安そうに居間の入り口から顔を覗かせて様子を窺《うかが》っていたアリーダとロベルトは、俺のヘタクソな動きが見ていられなくなったのか、そそくさと逃げ出している。つまりここには、俺とリーフェ嬢の二人しかいないということだ。

俺の足取りは、さらに覚束《おぼつか》ないものになった。

「レオさま、何かお話をいたしましょう」

俺のそわそわとした落ち着きのなさに気づいたのか、リーフェ嬢が笑顔で言う。

足を踏まないように下方面に神経を集中させながら、何食わぬ顔で話をするなんて、人間業ではない。世の男女は本当にこれを難なくこなしているのか。

「話……というと」

もちろん俺は完全に上の空だ。

「こんな時は、相手の目や髪の色を、自分が好ましいと思うもの、綺麗だと思うものにたとえて褒めれば、大体の女性はコロッといく、と兄が言っていました」

「ははあ……」

なるほど。あの兄は、そうやって人脈や伝手を作っていったのだな、と感心した。それをそのまま妹に伝えるのはいかがなものかという気がするが。

普段は女性を褒めるなんてことも苦手だが、今は非常時である。ここから解放されるならもうなんでもする、という将軍の名が泣いて逃げ出すような情けないことをヤケクソ気味に思って、俺は必死に頭を絞って言葉を探した。

「え……と、リーフェ殿の瞳は、夕日のように輝いて美しい、ですね」

「レオさまの瞳の色も、とっても甘いナッツのタフィーに似て、素敵ですわ」

「その豊かに波打つ黄金の髪の毛も、風になびいて揺れる小麦畑のようで綺麗です」

「レオさまの髪も、身も心も温まるホットチョコレートのようで、うっとりしてしまいます」

「リーフェ殿、真面目にやってください」

「なぜですか。わたくしは大真面目なのですけど」

好ましいものというと、食べ物しか思いつかないのか。

どれだけ食い意地が張っているんだ、と思ったら、我慢できずにぷっと噴き出してしまった。

その途端、バランスが崩れた。

「う……わ」

焦って片足を踏ん張ったが、もう片足が着地点を失ってふらついた。このままでは間違いなくリーフェ嬢の足を踏む、下手に避《よ》ければ彼女もろとも倒れ込む、と咄嗟《とっさ》に判断して、俺は自分の足の下にあった対象物のほうを退《ど》かすことを選んだ。

リーフェ嬢を身体《からだ》ごと持ち上げ、ふわりと浮かせる。

「きゃ」と驚く声がしたが、彼女の身体と俺の足はそれぞれ無事に床につき、惨事は免れた。

「申し訳ありません、大丈夫ですか」

急いで確認すると、リーフェ嬢は俺の顔を見上げて、興奮で目を輝かせていた。

「すごい！　すごいですね、レオさま！　今、わたくし、宙を浮きました！　こんなのはじめてです！　まるで空を飛んだみたいでしたね！」

無邪気にきゃっきゃと喜ぶ姿があまりにも可愛《かわい》らしくて、ずっと緊張で固くなっていたこちらの気持ちもほぐれた。

……というか、たぶん、でれっと緩んだ、と言うほうが正しい。ここに鏡がなくてよかった。今の俺はきっとかなりだらしない顔をしている。

「こうですか？」

もう一度、今度は高々と抱き上げてやると、リーフェ嬢は弾《はじ》かれるように笑った。

「わあっ、わたくしの目線がレオさまよりも上に！　レオさまはいつもこーんなに高い景色を見ていらっしゃるのですね！」

俺は目を細めた。

……うん。

やっぱりこの人は、淑《しと》やかに黙っているより、明るくお喋《しゃべ》りしているほうがいいな。

無表情よりも、こうして笑っているのがいい。

「重くございませんか？」

「いや、羽根のように軽いですよ」

「まあ、ではわたくし、もっとたくさん食べないと」

「お腹《なか》を壊さない程度に、ほどほどに」

「ねえレオさま、羽を生やしたり、空を飛ばせてあげることはできないなんて仰ってましたけど、今こうして実現してくださいましたね。レオさまのおかげで、わたくしの夢がまた一つ叶《かな》いました」

「では、次に叶える夢は何にするか、考えておいてください」

リーフェ嬢を抱き上げたまま、調子に乗ってくるくると廻る。楽しそうな笑い声につられて、俺も笑った。

ダンスの練習は、もちろんぜんぜんできなかった。


それから毎晩、夕食後にダンスの特訓をするのが日課になった。

練習は居間でするので、俺があちこちぶつからないように、アリーダがソファやテーブルを隅に寄せてくれた。今のところリーフェ嬢を壊さないように全神経を集中させている俺は、家具に傷をつけたり破壊したりするところまでは頭が廻らない。

正直あまり上達した気はしないが、リーフェ嬢が褒めたり励ましたりしてくれるから、なんとかやる気を維持できている。軍の特訓のほうがよほど楽だった、とたまに音を上げそうになるが、不思議と苦痛だと感じたことは一度もない。

リーフェ嬢は優しくも厳しい教師で、これもまた、楽しい時間には違いなかった。

しかしリーフェ嬢は見事なダンスの腕前を持っているにも拘わらず、今まで夜会や舞踏会などには出たことがないという。

ちょうどその優雅な動きに感心しているところだったから、つい、どうしてです？　と驚いて聞いてしまったのだが、

「あの……そのような華やかな場に着ていくドレスがございませんでしたので」

と恥ずかしそうに俯《うつむ》きながら答えられて、自分の迂闊《うかつ》さを後悔した。

普段の洋服も古いものを着ていたのだから、それくらいは当然気づいて然《しか》るべきだったのに。

ほんの少し気まずい空気が流れたのを振り払うように、リーフェ嬢が顔を上げ、にこっと笑った。

踊りながら口を動かすことはなんとか慣れても、この至近距離で彼女の笑顔を見ることには、俺はまだ少し慣れていない。せっかく調子よくいっているステップが乱れそうになる。少年のようにうろたえる気持ちを、顔には出さないようにするのでやっとだ。

「でも兄は、父の衣装を手直ししたり、知人に借りたりして、何度かそういった催しに出ておりましたのよ。そのたび、こんな料理が出て美味《おい》しかった、などと自慢げに報告するものですから、腹立たしくてたまりませんでした。それだったら、家で待っている妹のために、残り物をいくらか箱に詰めて持ち帰ってくれればいいのに、兄はまったく気が利かないのです。わたくし、いつも兄の話を聞いて、あれこれ空想しておりましたわ。レオさま、夜会では毎回、天井にまで届きそうなほどの高いケーキが出てくる、というのは本当ですの？　まるまると太った豚がそのまま焼かれて中央のテーブルに据えられる、というのは？　ぷるぷるした真っ赤なゼリーが、人が泳げそうなくらい大きな器に

なみなみと入っている、というのは？」

ウソです。

という返事を、俺は外には出さずに呑《の》み込んだ。こちらに向けられるリーフェ嬢の目が、キラキラと期待に満ちたものだったからだ。

今まで大事に育んできたらしい彼女の夢を、一瞬でぶち壊すのはしのびない。

兄よ……。

「では、今まで社交の場には出られたことがなかったんですか」

「はい」

「一度も？」

「はい」

なるほど、それで——と、俺は納得した。

イアルの血を引くメイネス家の娘は化け物のような容姿で会話もままならない、というあの根も葉もない噂《うわさ》は一体どこから出てきたのかと不思議だったのだが、「一度も社交の場に出てこない変わり者」というところから、だんだん捻《ね》じ曲げられていった結果だと思えば腑《ふ》に落ちる。

貴族社会というのは、面白おかしく尾ひれのついた噂が、真実として広まってしまうことが、ままあるものだ。

兄のほうは、その噂を知らなかったのだろうか。あるいは、知っていても黙っていたのか。

「イアル」の名を望む高位貴族の誰かに求められるよりは——と言っていたっけ。

「……もしもリーフェ殿が社交の場に出られていたら、きっと引く手あまただったでしょうね」

握った手に少しだけ力を込め、俺が微笑んでそう言うと、リーフェ嬢は目を瞬《またた》いてこちらを見返した。

「イアルの血筋に憧れる貴族は多いですから。あなたがこんなにも可憐《かれん》な乙女だと判れば、結婚の申し出は後を絶たなかったはずです。そうすれば、ご両親も喜ぶような立派な家柄の夫が持てて、社交界でも評判になったでしょうにね」

――そうすれば、こんな身分の低い、ほとんど地位も権力もないに等しい、名ばかりの将軍に嫁いでくることもなかった。

今度の舞踏会のために注文したドレスよりも、もっと豪華でもっと美しいドレスを贈ってもらえただろう。そればかりでなく、煌《きら》びやかな宝石がついた耳飾りや首飾りも。

「俺がたまたま将軍になんてなってしまったばかりに、あなたが花嫁として選ばれてしまった。申し訳ない」

わずかに苦笑する。

「…………」

リーフェ嬢は黙ったまま俺を見てから、つと目線を下に向けた。

そしてまた、顔をこちらに向けた。

吸い込まれそうな金色の瞳が、まっすぐ俺を見据えている。

「――あのね、レオさま」

「はい」

「わたくし、小さい頃から、イアルの名に恥じないようにと、あれこれ教養を叩《たた》き込まれてまいりました。ダンスもその一つです」

「ええ」

「何曲も何曲も、完璧に身体が覚えてしまうまで、踊らされました。……バカバカしいと思われませんか。そこまで必死になって練習したって、公の場でお披露目なんてする機会は一度もありませんでしたのに。イアルの娘としての名に相応《ふさわ》しいものであれと——でも、両親の言う『誇り』は、わたくしには何ももたらしませんでした。喜びも、幸福も。わたくしはよく、自分が人形になったような気がしたものです。イアルの血が流れているだけの、父と母の願いばかりが詰め込まれた、空っぽの容《い》れ物に」

ふいに、リーフェ嬢の足が止まる。俺も動きを止めた。

互いの息遣いが聞こえそうなほどの近距離で、見つめ合う。

こちらを向く彼女は、一途《いちず》に何かを訴える、真面目な表情をしていた。

「ですけれど、こうしてレオさまにお教えすることになって、ダンスを習っていてよかった、と思ったのです。わたくしのしていたことも、すべてが無駄だったわけではなかったのだと。この身に流れている忌々《いまいま》しいイアルの血だけではなく、わたくしにもできることがあった——少しでも、レオさまのお役に立つようなことができたのだと……これまでの自分自身に、まったく意味がなかったわけではないことを知って、わたくしはとても安心したのです」

——ようやく、イアルの血の呪縛から逃れられた。

リーフェ嬢は静かな口調でそう言ってから、目元を緩め、ふわりと唇を綻ばせた。

「それに、レオさまにも苦手なものがあるのだということも判って、安心いたしました。レオさまはいつも大人で落ち着いていらっしゃって、わたくしちょっと心配だったのです。レオさまはわたくしのことを、幼い子どものようにお思いになっているのではないかと」

「いや、そんな」

俺は慌てて手を振った。

大人で落ち着いている、という評価にも困惑したが、俺がリーフェ嬢を子ども扱いしている、などと思われていたことには、もっと困惑した。

……子どもだと思っていたら、こんな風にいちいち胸を高鳴らせたりはしない。

「わたくし、レオさまとお会いできて、幸せです。レオさまの妻になって、この家に来られたことも、幸せです。レオさまは、わたくしをただの『血の容れ物』として見たりすることは一度もないんですもの。アリーダもロベルトも、ちゃんとわたくしを一人の人間として扱ってくれます。舞踏会は別にどうでもよろしいのですけど、レオさまと一緒にお出かけできるのは、とても嬉しいです。わたくし、毎日がほんとうに、楽しくて楽しくてたまらないのです。……ですからどうか、申し訳ないなんて仰らないで」

ふふ、と笑いながら、照れ隠しのように、リーフェ嬢がスカートの裾を摘まみ、くるりとターンする。

少しだけよろけた身体を、手を出して支えた。反対側の手を、健康的な淡い薔薇色に染まった頬に、添えるようにして当てる。

「……だったら」

上を向かせた顔に自分のそれを寄せて、囁《ささや》いた。

「これから、何度でも二人で出かけましょう。俺たちにはまだ、いくらでも時間がある。長い休みが取れたら、領地の父親に会いに行くのもいいですね。遠いし、田舎だけど、すごく景色の綺麗な、空気の美味しいところなんですよ。一緒に行ってくれますか？——俺の妻として」

リーフェ嬢が嬉しそうに笑って、「はい！」と元気に頷《うなず》く。

俺も微笑んだ。

「領地では、甘酸っぱいベリーのジャムが名産で」

「楽しみですね！」

声を弾ませるリーフェ嬢の笑顔と目の輝きは、どう見ても今までより割り増しされている。

俺は笑って、その愛らしくも小憎らしい唇に、そっと口づけた。

この人と共に時間を過ごしていけるのは、きっと俺にとっても、なによりの幸いだった。

＊＊＊

王城で開かれるだけあって、非常に盛大な舞踏会だった。

　俺もこれまで、友人に付き合わされてこういったものにイヤイヤ参加したことがあるが、それらとは比較にならないくらい規模が大きい。

　たくさんの蝋燭《ろうそく》がずらりと並んで輪を描く、天井の大きなシャンデリアの輝きに、着飾ったご婦人方の装飾品が反射して、目が眩《くら》みそうだ。

　白亜の広間には、すでに百単位の人々が集まっていた。老若男女が入り混じって談笑し、楽しげにざわめいている。

　そこでどんな駆け引きが交わされているとしても、離れて見る限りは、優美で華やかでおっとりとした、貴族社会らしい光景だった。

「まあ……こんなにもたくさんの人」

　隣のリーフェ嬢が息を呑む。

　俺の腕にかけている手は、少し震えているようだった。当然だろう。高貴な血筋とはいえ、彼女にとってははじめて見る世界だ。

　俺はその手を上からぽんぽんと軽く叩いた。

「はぐれるといけないから、俺から離れないようにしてくださいね」

「はい」

「一人でふらふらしたり、お菓子をあげると言われても、知らない人についていっちゃいけませんよ」

「もう、やっぱりわたくしを子ども扱いなさって！」

リーフェ嬢はむくれたように頬を膨らませた。何を言っているのだ。子どもではないから、俺は心配しているのである。

クリーム色のシフォンのドレスを着た今日のリーフェ嬢は、華美ではないが、いつもよりもさらに魅力的に見えた。

艶のある髪を美しく結い上げ、アリーダに丁寧に化粧を施された顔立ちは、若木のような瑞々《みずみず》しさに溢《あふ》れ、上品さと、清浄さを備えている。

繊細でしなやかな身体も、生き生きとした光を帯びた瞳も、彼女の何もかもに目を奪われそうだった。

……だからこそ、俺の不安も強まる。

「せっかくはじめての舞踏会で、あなたには申し訳ないのですが、俺はなるべくこの場では目立ちたくないんです」

ここにやって来ただけで、半分以上義務は果たした。後は一曲踊れば任務完了だ。第一から第五までの将軍たちに挨拶を済ませたら、できるだけ早く屋敷に帰りたい。

いろいろと楽しみたいだろうに、リーフェ嬢は特に不満そうな様子も見せず、俺を見上げて頷いた。

「判りました。でも、こんなに人がたくさんいるのですから、逆に目立つほうが大変なのでは？」

「リーフェ殿はそこに立っているだけで、会場中の注目を集めてしまいますよ」

「まあ、楽しいご冗談を仰って」

ふふふと笑ってヴィム氏と同じことを言われたが、俺は心底、本気である。

「いいですか、とにかく……」

言いかけたところで、「ラドバウト国王陛下のおなり！」という高らかな号令がかかった。

思わず舌打ちして、自分の手の下にある細い手をぎゅっと握る。

彼女を連れてさりげなく後ずさり、なるべく他人の陰に隠れる位置に移動した。

「リーフェ殿、王が前を通る時は、なるべく下を向いていらっしゃい。決してあの方にあなたの顔を見せてはいけませんよ」

「はい、心得ております」

どうやらリーフェ嬢は、俺の言葉を、「国王の前では許しがあるまで頭を上げるべからず」という礼儀の一環だと考えているらしかった。

慎ましい仕種《しぐさ》で、身を低くして、頭を垂れる。

もちろん俺はそんな意味で言ったわけではないが、彼女の顔が隠れたのを確認してから、自分も礼を取って頭を下げた。

この舞踏会で、国王に一人ずつ挨拶を、などという儀式がなくて幸運だ。

昔はそういうことがあったらしいが、自分の時間を取られることを嫌うラドバウト王自らが、「面倒だ」とそれを廃止してしまったのである。君主として褒められたことではないが、誰もその決定に異を唱える者はいなかったそうだ。

それはそうだろう。

……誰だって、挨拶の際に自分のパートナーを王に気に入られてしまう、なんて危険を冒したくはない。

他人の恋人だろうが身内だろうが妻だろうが、ラドバウト王は自分が目をつけた女性に手を伸ばすことを躊躇《ちゅうちょ》しない。一部、野心があって媚《こび》を売りたいのは別として、王の前では大抵の女性は面を伏せる。

ラドバウト王は、二十代半ばから四十代くらいまでの美しく妖艶な、言ってはなんだが肉感的な女性が好みとされているので、そういう意味ではリーフェ嬢は対象外だ。

しかし、慎重に行動するに越したことはない、と俺は思っている。

どんなきっかけであの王が興味を抱くか、判ったものではないのだから。

ラドバウト王が広間をまっすぐ突っ切り、壇上の椅子にどっかりと腰を下ろした。

怠惰そうに片手を上げると同時に、楽団がゆるやかに音楽を奏ではじめる。これより舞踏会の開始、ということのようだ。もったいぶった挨拶も、招待客に対する礼も述べないとは、いかにも傲慢で短気な王らしいやり方だ。

音楽に合わせて、男女がそれぞれの手を取り、ダンスを踊り出した。

広間の真ん中に進む組ほど、自信がある、ということなのだろう。堂々とした動きは、確かに観衆の目を引く。絶対にあそこまでは行かないようにしよう。

「リーフェ殿、俺は先に他の将軍たちに挨拶を済ませてこようと思うのですが、あなたはどうされますか？」

「ご挨拶でしたら、わたくしも一緒に行ったほうがよろしいのでしょうか」

「いや……」

俺はちょっと迷った。

本来なら、これが私の妻ですと紹介したほうがいいのだろうが、俺たちが結婚に至った事情は、五軍の将たちもよく知っている。相手がイアルの血筋を引く、何かとよくない噂のあった女性であるということもだ。

彼らはきっと、珍獣を眺めるようにして薄笑いを浮かべ、リーフェ嬢を見るだろう。

それらの好奇の目に彼女を晒《さら》すのは、どうにも気が進まない。

「やっぱり、俺一人で行きます。その間、リーフェ殿は、そうだな……」

考えながら視線を巡らせると、雑踏の向こう、会場の隅に、踊り疲れた者たちが休憩する場が用意されているのを見つけた。近くのテーブルの上には、飲み物や軽食が置いてある。

天井まで届くケーキや豚の丸焼きはないようだが、あれでも少しは楽しめるだろう。

「あちらで待っていていただけますか。一人にさせて申し訳ないが、なるべくすぐに戻りますから」

「はい、承知いたしました」

リーフェ嬢は控えめに頷いたが、その目はすでにテーブルのほうに釘《くぎ》付けになっている。

「俺が迎えに行くまで、あそこにいてくださいね」

「はい」

「だからって、あまり食べすぎないように」

「あのレオさま、持ち帰りは……」

「ダメです。心細かったら、先に兄上を探してお呼びしてきましょうか。この場にはおられるはずですし」

「そんなことをしたら、あの兄にぜんぶ食べられてしまいます」

「もしも何かがあったら、すぐに俺を呼ぶんですよ。何があっても、駆けつけます」

「まあ」

我ながら過保護なことを言うと、リーフェ嬢は笑い出した。

「それではわたくしも、レオさまがピンチに陥ったら、助けて差し上げます。敵が現れたら、わたくしをお呼びくださいね」

まだ薄い胸を叩いて頼もしく請け負うと、「では後で」と踵《きびす》を返し、テーブル目がけて進んでいった。


この大人数の中から他の将軍たちを探し、見つけ出して挨拶していくというのは、非常に根気が必要な、かつ疲れる作業だった。

しかも、同じ「将軍」という名がついていても、あちらにしてみれば、第六将軍などは完全に格下の相手である。

嫌味や皮肉を投げつけられるのはともかく、リーフェ嬢についてあれこれと探られたり、懇々と説教されたりするのは参った。俺以外の将軍はみんな四十から五十という年齢なので、余計に「この若造が」という気持ちがあるのだろう。

なんとか適当にいなしておいたが、五将軍に挨拶を終えた時にはもう、結構な時間が経過してしまっていた。

さすがにリーフェ嬢が不安になっているだろう、と思うと気が焦り、自然と早足になる。

（食欲に）捕らわれた姫君を救出に、という気分で人波をかき分けずんずん歩を進めていたら、思わぬ伏兵に行く手を遮られた。

「そちらの方、よろしければ、わたくしと踊っていただけませんこと？」

と、見知らぬ女性に声をかけられたのだ。

見るからに、上流が板についた女性だ。すぐに、勘違いをされたのだなと判った。

俺は現在、軍服の正装をしている。通常、王城の舞踏会に出席できる軍人は、俺のような特殊な場合を除けば、高位の貴族、それも親が権力者、という人間に限られる。だからこの女性もそう考えて声をかけてきたのだろう。

普段の俺の服装なら、下級の貴族だと一目で知れて、彼女のような人間の視界にも入らないくらいなのだが。

「申し訳ありません、人を待たせておりまして」

俺はなるべく礼儀正しく返事をしたのだが、相手はあまり聞く耳を持ってくれなかった。

「あら、ここはダンスをする場ですのよ。女性から申し込まれて断るなど、あまりに無慈悲なお振る舞い。わたくしに恥をかかせたいのですか？」

「そういうわけでは……」

「ええ、いいわ、一曲で許して差し上げます。わたくしと踊ってくださったら解放してあげますから、その後で、待たせているというお気の毒なその方のところに行ってあげたらよろしいわ。……もっとも、ダンスが終わる頃には、あなたの気が変わるかもしれませんけれど。ねえ？」

ふふっと意味ありげに目配せして笑う。

どうも、パートナーと離れているのは、別の相手を物色していたから、とでも思われているらしい。舞踏会というのは、男女が目の色を変えて、自分が食いつく餌を探すものだったのだろうか。そんな恐ろしげな催しだとは知らなかった。

いや、もしもそうだとしたら、リーフェ嬢もどこかで他の男の標的にされているかもしれない、ということだ。

心配がさらに膨れ上がってきて、俺は人々の頭の上から、その先にいるであろう彼女の姿を探した。

「申し訳ないのですが、妻が……」

「あら、はぐれているのは、あなたの奥さまでいらっしゃるの？　でしたらきっと、あちらも今頃、羽を伸ばしていらっしゃるわ。結婚はしていても、恋愛はまた別ですもの。こんな時くらい、自由にさせて差し上げたら？」

それが高位の貴族たちの考え方なのか。あの妻を見ているだけで精一杯の俺には、到底ついていけない。

「いや、本当に……」

「さあ、ほら、いきましょう」

彼女は美人だが自信たっぷりで、強引で、こちらの都合に構わずグイグイ迫ってくるという、俺が最も苦手とするタイプの女性だった。

どういうわけか俺は昔からこのテの女性に言い寄られることが多く、それで何度も痛い目に遭っている。だから必然的に逃げ回ることになるのだが、なぜか逃げる分だけ追いかけられる。不毛な悪循環である。

この時も、俺が後ずさりすればするだけ、女性はどんどんこちらににじり寄ってきた。強い香水の匂いが鼻をつく。

こんなに人が多くいる中でいつまでも下がっていけるものではなく、とうとう右腕を両手でがしっと掴《つか》まれてしまった。

「ちょっと、あの」

「ふふふ、捕まえましたことよ」

赤く彩られた口紅が弧を描いて、俺は背中に冷や汗をかいた。

相手は、神経は図太そうだが肉体は普通に弱そうな女性である。俺はなまじ筋力も握力もあるという自覚があるため、それを容易には振りほどけない。

下手をすると突き飛ばすような形になってしまいそうで、それでは本当に彼女に恥をかかせることになる。

かといって、まさか本当に一曲付き合うわけにもいかない。俺はまだ肝心のリーフェ嬢と踊っていないし、彼女以外の相手とダンスをする意味も意義もないからだ。

どうすればいいのか判らず弱りきっていた俺は、その時、前方からまっすぐこちらに近づいてくる人を見つけた。

まるで、そちらから明るい光明が射し込んでくる気がするほどに、灰色の群衆の中で、彼女一人だけが、ひときわ鮮やかに色づいているようだった。

眉を上げ、唇を引き締めて、迷いもせず一直線に。

——レオさま、お待ちになっていて。直ちに救出にまいります！

強い意思と決意をたたえるその凛々《りり》しい表情に、思わず魅入られる。

女性を恰好《かっこう》いいと思ったのは、これが生まれてはじめてだ。

つかつかと歩いてきたリーフェ嬢は、すぐ傍らにまでやって来ると、女性に掴まれていた俺の右腕に、そっと自分の手を置いた。

「まあレオさま、こんなところにいらっしゃったのですね。わたくし、探してしまいました」

俺に向かって微笑みかけ、柔らかな口調で言ったが、その視線はすぐ前にいる女性を完全に素通りしている。

リーフェ嬢の態度は、「故意に無視している」ことがあからさまで、もちろんそれに気づいた女性は、角度をつけて眉を吊《つ》り上げた。

「こちらの方とは今、わたくしがお話をしていたのですけれど？　人の会話にいきなり割り込まれるとは、淑女としてはいかがなものかと思いますわね」

あれを会話というのか、と俺は驚いたが、口を挟む隙もなく、リーフェ嬢が顔を動かして女性のほうに向けた。

あら、こんなところに人が、とでもいうように今さら目を大きく見開くので、女性がますます険悪な表情になる。

リーフェ嬢は、これ以上なく優雅に唇を上げた。

「失礼いたしました。このような場で、人の夫に馴《な》れ馴れしく触れるような『淑女』がいらっしゃるとは、夢にも思いませんでしたので。わたくし、人の多さに少々辟易《へきえき》していたものですから、てっきりそのせいで見えた幻覚だと思いましたわ。現実の女性でしたのね、あら、まあ」

ふふふと可愛らしく笑いながら、痛烈な皮肉を言い放つ。そういえば彼女は可憐な外見に似合わず、結構毒舌なところがあるのだった。

あまりにもわざとらしく驚いた顔をするので、俺は噴き出しそうになってしまったが、女性のほうは顔色を変えた。

「な、ま、まあ、あなた、どちらのお嬢さんか存じませんけど、失礼がすぎるのではございません？　わたくしはね……」

自分の胸に手を当てて身を乗り出し、険を含んだ声で言い募ろうとした文句を、リーフェ嬢はぴしゃりと遮った。

「ええ、どちらのご婦人かは存じませんけれど、失礼なのはあなたのほうですわ。わたくしは正当なるイアル王朝の末裔《まつえい》、そのわたくしの大事な夫を誘惑なさるとはなにごとです。イアルの名にかけて、わたくしはそのような無礼を許すことはできません」

背筋をまっすぐ伸ばし、ひややかな視線と共に投げつけられた言葉に、怒りで顔を赤くしていた女性は、今度はさあっと青くなった。

「わ――わたくしは」

反論しようとしたのか口を開きかけたが、すぐに黙ってしまう。

リーフェ嬢の口から出た「イアル」の名に動揺したのは明らかで、その手がようやく俺の腕から離れ、一歩後ずさった。

この女性がどこの家の貴婦人かは知らないが、身に備わった威厳と風格という点において、すでに彼女はリーフェ嬢に負けている。このような場で、実際の立場はともかく、それが双方の上下関係を決定づけてしまうのが、貴族というものだ。

「……し、失礼しますわ」

女性はぷいっと顔を背けると、身体を反転させた。

すたすたと立ち去っていく後ろ姿を見て、俺は深い息をつく。やれやれと思うと同時に、変な騒ぎにならなくてよかったと安堵した。

「リーフェ殿、助かりました。待っている間、何も――」

ありませんでしたか、と問おうとした言葉が途中で止まった。

くるりとこちらを振り返ったリーフェ嬢の頬っぺたが、見事に真ん丸になっていたからだ。

「ど、どうしました？」

両方の頬が、これでもかと空気を詰め込んだがごとく、ぷっくりと膨れている。リーフェ嬢の流儀に則《のっと》って言えば、焼き上がったばかりのスフレのようだ。

なんだこれ。指で突っつけば、ぷしゅうと萎むのか。甘いものは苦手だが、これはものすごく旨《うま》そうだ。

「どうしたじゃありません！」

そのむくれた顔で、リーフェ嬢がつんけんした声を出した。さっきまでの近寄りがたい雰囲気はすっかり消し飛んで、子どものようにつむじを曲げている。本人は厳しい表情をしているつもりらしいのだが、なにしろ頬がスフレなので台無しだ。鼻を寄せれば甘い匂いがするのではないか、と錯覚しそうになった。

「レオさま！」

リーフェ嬢はきっと眦《まなじり》に力を入れて、俺を睨《にら》みつけた。

「あ、はい、すみません」

「まだ何も申しておりません！」

「だって怒ってますよね？」

「怒ってなどおりません！　これっぽっちも！」

そうかなあ。

俺は確かに女性の微妙な気分の変化には鈍感なほうだが、こんなにも判りやすい拗《す》ね方をする人、はじめて見る、というくらいだ。

「わたくし、レオさまのお言いつけどおり、あちらで大人しく待っておりました」

「遅くなって申し訳ない。美味しいものはありましたか」

「どこを探しても豚は……いえ、そんなことはどうでもよろしいのです！　そうやってわたくしはお利口に待っているつもりでしたのに、レオさまったら、こんなところで他の女性とベタベタなさって！」

どうやら俺は、とんでもない誤解を受けているらしい。

「ベタベタって……どこをどうすればそんな風に見えましたか。俺は必死に逃げようとしていましたよ」

「ウソです。だってあの方の手を離そうともなさっていませんでしたもの」

「ですからそれは……」

「差し出された杯は、どんな味でも飲み干すのが男の礼儀というものだと、兄だって言っておりました」

「いい加減、兄上に言われたことを鵜呑《うの》みにするの、やめませんか」

「……あれくらいの大きさが、レオさまのお好みということですか」

途端に声に勢いがなくなって、ん？　と思う。

頬はまだ膨れたままだが、唇が大きく曲げられて、まるで泣き出す寸前の子どものような顔になった。

「大きさ？」

「でしたらわたくし、どれだけ頑張って食べても、まだあと二、三年くらいかかりそうです」

「……あ」

ここでようやく、リーフェ嬢が言わんとしていることが理解できた。

そういえば、さっきの女性は、胸元からやけに深い谷間を強調させていたな……

「あのね、リーフェ殿」

いつの間にか、俺もリーフェ嬢の口癖が移っている。指でこりこりと顎の先を掻《か》いて、困った顔で首を傾《かし》げた。

「俺は本当に、その点について、こだわりはないんです。むしろ、さっきの女性のようなタイプは、昔から大の苦手です」

俺の言葉はあまり信用されなかったようで、リーフェ嬢は口を閉ざしたまま、視線を下に向けてしまった。俺はますます困って、上体を屈《かが》め、その顔を覗き込む。

こういう時、気の利いた台詞《せりふ》がすらすらと出せないから、俺はいつもアリーダに嘆かれているのだ。

「不安にさせてしまったなら、すみません。俺もあなたと離れて一人で心細かったので、助けに来てくれた時は、とても嬉しかったです。ありがとう」

結局、色気もロマンもない、謝罪と感謝の言葉になってしまったが、リーフェ嬢はそろそろと目を上げて、俺をじっと見つめた。

「――わたくし、レオさまのお役に立ちまして？」

ぽつりと、小さな声で言う。

「それはもう。以前、戦場でヘマをして敵陣近くに一人だけ取り残されたことがあるんですが、もうダメかなと思ったところで、マースが自分の隊を引き連れて救出に来てくれたんです。その時と同じくらい、頼もしく見えました」

マースあたりがこれを聞いたら、おまえ女性相手になに言ってんだ、と天を仰いだことだろう。

しかし幸いにして、リーフェ嬢は噴き出してくれた。

「もう、レオさまったら」

「本当ですよ」

どうやら機嫌を直してもらえたようで、ホッとする。

ちらっと広間の正面奥を一瞥《いちべつ》すると、壇上の椅子に、ラドバウト王の姿はなかった。短気で飽きっぽい王のことだから、同じ場所にずっと座っているのが耐えられないのだろう。自分の妾たちを引き連れて、どこかに行ったのかもしれない。

俺は笑みを浮かべて、改めてリーフェ嬢に向かって手を差し伸べた。

「遅くなってしまいましたが、俺と一曲踊っていただけますか」

喜んで、とリーフェ嬢がにっこりした。


「さっきのリーフェ殿は堂々として恰好良かったですね」

ゆったりとステップを踏みながら、女性をやり込めた時のリーフェ嬢を思い出してそう言うと、目の前の彼女はなんだか微妙にイヤそうな顔になった。

「母の真似《まね》をしてみたのですが、我ながらよく似ていて、ちょっと怖くなってしまいました」

ぶるっと身震いをする。

「ははあ。母上は、ああいう感じの……」

「はい、ああいう感じです。レオさま、わたくし、年を取って母そっくりになってしまったら、どうしましょう。今から不安でたまらないのですけど」

リーフェ嬢は眉を下げて本当に心配そうに言ったが、年齢を重ねたからといって、誰に対しても居丈高に振る舞う彼女の姿が、俺にはまったく想像できなかった。

大体、イアルの名云々《うんぬん》と言っていた先程のリーフェ嬢も、普段の彼女を知っている俺からすると、非常に大げさで芝居がかっていて、笑いをこらえるのが大変だったくらいだ。

「リーフェ殿は年を取っても、きっと可愛いままですよ」

思ったままをするりと口にすると、リーフェ嬢は赤くなった。

「でも、わたくしだって将来きっと、皺《しわ》ができて、髪が白くなったりしますわ」

「楽しみですね」

「そうなっても、レオさまは嫌いにならないでくれますか？」

「もちろん」

「わたくしも、レオさまの頭が薄くなっても、お腹が出てきても、嫌いになったりいたしません」

「その姿を具体的に想像しなくていいですからね？　……なるべく、そうならないように努力します」

真面目な顔をして約束すると、リーフェ嬢が楽しそうに笑った。

すぐ近くにある顔が無防備に笑み崩れるさまが愛《いと》しい。こぼれる吐息に眩暈《めまい》がしそうだ。

彼女はきっと、気づいていないだろう。まっすぐぶつけられた可愛いヤキモチが、どれほど俺の心を浮かれさせているかなんて。

この時点ではっきりと自覚した。

俺はもう、いろいろと限界だ。

「……本当に、そうなったら、よろしいですね」

その時、リーフェ嬢が、小さな声で呟《つぶや》くように言った。

よく聞こえなくて、え？　と耳を寄せる。

その俺に口を近づけ、彼女はさらに囁くような声を出した。くすぐったい。

「本当に、ずっと先の未来でも、レオさまの隣にいるのがわたくしであればいいと思います」

その言葉に、その声に、そして、その恥じらうような表情に、熱を伴った衝動が胸の内を駆け上がった。

周囲にはたくさんの人々がいるはずなのに、それらの姿の一切が視界から消えた。急に喧騒《けんそう》が遠ざかる。

リーフェ嬢の瞳の輝きが、俺を惹《ひ》きつけて離さない。この瞬間、彼女こそが俺の世界のすべてであり、唯一だった。

「こうして、手を取り合い、身と心を寄せ合って、時に相手を助け、支えて、過ごしていければいいですね。……わたくし、これからもレオさまと一緒に年を取っていきたいです」

そう言って、リーフェ嬢が微笑む。

そこでようやく、周囲のざわめきが耳に入ってくるようになった。

「――俺もです」

止めていた息と一緒に、なんとか言葉を落とす。

夫婦になるというのは、きっとそういうことなんだと、噛みしめるように思った。


一曲踊り終わったところで、俺はリーフェ嬢を連れて屋敷に帰ることにした。

舞踏会はまだしばらく続くのだろうが、ここは所詮、虚飾に満ちた上辺だけが華やかな場所である。根っからの軍人の俺とは相容れない。

帰る前にヴィム氏に挨拶をしようと思ったのだが、どう探しても彼を見つけ出すことはできなかった。アルデルト王太子のそばに侍っているのだろうから、ひょっとしたらまた王城の外まで散歩に出てしまったのかもしれない。

美しい月夜の下、ふわふわと雲を踏むようにして歩く王太子と、その手を引く儚げな容姿のヴィム氏の姿を思い浮かべ、なんとなく不思議な気分になる。

風変わりな主従だが、二人ともどこか憎めないので、俺は他の人間のように彼らに対して苦々しい思いを抱くことはできそうになかった。

「残念ですね。リーフェ殿も兄上にお会いしたかったでしょう？」

と訊《たず》ねると、リーフェ嬢はちょっと眉を寄せた。

「そうですね。会ったら、一言物申してやろうとは、思っておりました」

「何をです？」

「あのね、レオさま。わたくし、今になって気づいたのですけど」

「はい」

「……兄は、ウソつきです」

ケーキや豚やゼリーに壮大な夢を描いていたらしいリーフェ嬢は、この世界に妖精はいないと知った子どものように、ちょっぴり悲しげな顔をして言った。


「お疲れだと思いますが、ちょっと俺の話を聞いてもらっていいですか」

その夜、寝室に入ると同時にそう切り出した俺に、リーフェ嬢はさっと緊張した表情になった。

その言葉を出した時の俺が、固い空気を出していたからだろう。駄目だなと苦笑して、できるだけ優しく彼女の手を取り、ソファに座らせた。俺もその隣に腰かける。

「――えーと」

額に指を当て、どこから話したものかと考えた。

いざこうして改まると、なかなか言葉が出てこない。それはきっと、自分の中に、「話しづらいこと」という意識が拭いがたくあるからなのだろう。大事に囲われて育ってきたリーフェ嬢のような人は、これを聞いてどんな反応を示すのか、という不安ももちろんある。

だからこそ、今までずるずると先延ばしにしてきてしまった。

……しかし、これをちゃんと言っておかなければ、先には進めない。

「リーフェ殿がどこまでご存じなのか判らないんですが、この国の要の軍は、大きく言うと、六つに分かれていましてね」

思いがけない冒頭だったのか、リーフェ嬢はきょとんとした。そりゃ、夜の寝室でいきなりこんな話をされたら、誰だって驚くに決まっている。

「有名なのはやっぱり、第一軍ですかね。そこに在籍している軍人はうんと上のほうの高位の貴族ばかりで、第一将軍は、代々同じ家柄から輩出されています。第一将軍家、と言われて尊ばれるくらいでね。第一軍は王族の護衛を任されるほど、この国では重んじられているんです」

リーフェ嬢は黙って頷いた。それくらいは彼女も知っているのだろう。

「六つの軍には、それぞれ別名がありまして、『格式の第一軍』『知略の第二軍』『英明の第三軍』などと呼ばれます」

「第六軍は、なんと呼ばれていらっしゃるのでしょう」

訊ねられて、俺はちょっと笑った。

「──『無謀の第六軍』、と」

リーフェ嬢が目を丸くする。

「一軍は五つの隊で構成されています。第六軍では、そのうちの二隊が下級貴族のみで成り立っていて、後の三隊は、貴族と平民の混合、あるいは平民ばかりの軍人が在籍しているんです。……だから第六軍は、『ならず者の集団』なんて呼ばれて、他の五軍から見下されている」

俺にとっては、貴族だろうが平民だろうが、苦労を共にしてきた大事な仲間であり、部下たちだ。

しかし貴族社会の中では、平民の混じる軍はそれだけで異端とみなされる。

「だからこそ、第六軍は、いつも捨て駒のような扱いをされるんです。戦端を開く時はその切り込み部隊を、撤退する時は必ず他の軍のしんがりにつく。毎回、最も危険な任務が廻ってくるから、犠牲も多い。それが役割だから、無謀にならざるを得ないんです。だから第六軍はいつも人数ぎりぎりでね、足りなくなったら傭兵《ようへい》を入れることもあって、それでなおさら他軍から軽蔑される」

あいつらには軍人としての誇りがない、などと罵られ、笑われて。

俺のほうこそ、声を大にして問いただしたい。

軍人の誇りとは、なんだ？

「俺は第六軍に愛着がありますし、どの軍よりも強く、実力があり、結束が固いとも自負しています。だからそんなことで笑われたり馬鹿にされたりするのは別に構わない。ただ――」

そこで俺は一旦言葉を切った。

リーフェ嬢のほうに目をやって、彼女が両手をぎゅっと組み、真剣な表情をしているのを見て、少し笑みを漏らす。

「リーフェ殿は、一年ほど前、ある地域で大規模な虫の害が発生したのを知っていますか？」

「虫の害、ですか？」

「そうです。大量の害虫が飛来して、せっかく実っていた小麦のほとんどを食い荒らし、畑を全滅の状態にまで追いやってしまったんです」

その村は、ほぼ小麦の収穫で生計を立てていたようなところだったから、経済的に大打撃を受け、税金も払えなくなってしまった。

ただでさえラドバウト王の政策により、税率は重く、過酷になっている。自分たちの日々の糧にも困るような村人たちに、税金までが納められるはずがない。

住人たちは、こういう事情だから今年だけは税を免除、あるいは先延ばしにしてほしいと嘆願した。

しかしそれは通らなかった。要望を突っ撥《ぱ》ねられた住人たちは困り果てたが、それでも、ないものはないと言うしかない。当然だ。

役人は、わずかにあった金や家財道具を税の代わりに徴収しようとした。それを持っていかれては、住人たちはもう死ぬしかない。だから反抗したし、抵抗した。

——そして、その結果。

「……陛下は、軍に命令を出しました。それは王に対する反乱である、よってその地域一帯を焼き払い、住人全員を処罰するように、と」

リーフェ嬢が息を呑む。

俺はその時のことを思い出して、目を伏せた。

「その役目は当然のように第六軍に廻ってきました。当時の第六将軍は貴族でしたが、平民だからといって差別するような人じゃありませんでしたからね。その王命には相当、煩悶していたようです」

俺の上官だったその人は、怒ると怖いが、大らかで部下思いの、真っ当な人だった。畑も、家屋も、住人までもすべて消し去って、他に税を払うのを渋る人間たちの見せしめにしようというラドバウト王の非情な考えには、到底同意できなかっただろう。

しかし、どんなに理不尽な命令だろうと、従わなければならないのが軍人というものだ。

「結局、前将軍は、虫の被害に遭った畑と家屋を焼くように、俺の隊とマースの隊に命じました。住人たちには秘密裏に話を通し、荷物を持たせて事前にそこから逃がした上で。……彼らは今頃、どうしているでしょうね。他に落ち着き先を見つけられればよかったんですが」

肩を落とす夫婦、慣れ親しんだ土地を離れることを嫌がって泣く子どもの姿を、今でもありありと思い出せる。

住人たちが今まで大事に守ってきたのだろう畑に火を点《つ》ける時は、全員が無言だった。新人あたりは、こらえきれず涙を流しているやつもいた。

彼らの居場所だったところを、真っ赤な炎が呑み込んでいく。住み慣れた家も、使い古した家具も、この場所で築かれた思い出も、すべてが灰燼《かいじん》に帰す。

その光景を見ながら、俺は一体何をしているんだろう、とぼんやり思った。

――軍人になったのは、この国と民を守るためではなかったのか。

王には命令どおりに実行したと報告したが、しばらくして、住人が生き残ったことが知られ、その責を負う形で、前将軍は辞職させられた。首を落とされなかっただけ幸運だった、と本人は笑っていたが。

こういう軍だから、何もかも王におもねるような人間が来たら困る。彼はそう言って、おまえが次の将軍になってくれ、と頭を下げた。

そして俺はその頼みを、断れなかった。

「第六将軍というのはね、そういう立場なんです。栄誉や名声はすべて掠《かす》め取られ、他軍が嫌がる仕事をさせられて、王の無茶な命令を聞き、それを上手くこなせなかったら、簡単に首をすげ替えられる。どこからも反対意見なんて出ない。平民の混じる第六軍を自分らと同じ軍人だとも思っていないから、他の五軍の将も知らんぷりだ。戦いの場と同じように、あっという間に見捨てられる。俺だって、いつなんどき、前将軍と同じ道を辿《たど》るか判らないんです。……それくらい、軽い」

俺もいつか、王命と自分の信念とを秤《はかり》にかけて、どちらかを選ばなければならない時が来るだろう。その時、どちらを取るかは、自分でもまったく判らない。

俺はリーフェ嬢のほうに顔を向けた。

「……リーフェ殿は、それでいいでしょうか。俺はいつ将軍の地位を失うか判らない、不安定な立場です。場合によっては、汚いこともする。下級貴族でも、あなたがここに嫁いできたのは、一応とはいえ、俺に『将軍』という名がついていたからだったのに――」

最後まで言う前に、リーフェ嬢の両手が伸びてきて、俺の手をぎゅっと包むように握った。

「はい、もちろんです」

大真面目な顔つきで、彼女はきっぱり言う。

俺は苦笑した。

「……そういうことは、もう少しよく考えて言ったほうがいいですよ」

「考えた上で、お返事しております。もちろんです。レオさまは、ご自分の思うように行動されればよろしいのです。どんな決断をされようと、わたくし、必ずついてまいります。レオさまは、ご自分の誇りを持っておられる方ですもの。それを捨てるようなことはされないと信じております」

「――誇りなんて、俺は」

持っていない、と言いかけるのを遮るように、リーフェ嬢は首を横に振った。

「いいえ、レオさまのそれは、イアルの血なんかよりも、ちゃんと実体のあるものです。レオさまたちが火を点けなければ、その村の方たちは全員捕まって殺されていたのでしょう？　第六軍のみなさんがこれからもっと捨て駒のような扱いをされないために、レオさまは将軍になって自ら防波堤の役目をしようとお考えになられたのでは？　レオさまはそうやって、ご自分にとっての大事なものを、立派に守っておられるではありませんか」

俺は口を閉じ、自分の手を覆う小さくて細い手を見つめた。

「……畑や家を焼く時、おつらかったでしょうね。わたくしは世間知らずで、知らないことがたくさんございます。レオさまをお助けできるような力も持っておりません。ですけど、これから、レオさまがまたそういう苦しい思いをされた時、わたくしはほんの少しでも、その苦しみを分けていただきたいと思います」

彼女の声を耳に入れながら、静かに目を閉じ、息を吐き出す。

イアルの血なんてどうでもいい。

この人と出会えたこと自体が、まさに、俺にとっての奇跡だった。

「――リーフェ殿は、軍人にいちばん必要なものは何か、知っていますか？」

唐突なその問いに、リーフェ嬢はぱちぱちと目を瞬いた。

「え？　えっと……武勇、ですか？　それとも、戦う力でしょうか」

「いや」

彼女の手を握り返し、顔を寄せる。

「帰る場所、です。戦いの場にあって、なにより強さを発揮するのは、絶対にあそこに帰るんだという強い意思を持った人間ですからね。……あなたは、俺の『帰る場所』になってくれますか？」

「帰る場所……」

復唱するように繰り返すリーフェ嬢は、よく判っていないらしかった。鈍いのか。それとも俺の言い方に問題があるのか。どちらかというと、後者のほうの可能性が高い。

俺はごほんと咳払《せきばら》いをした。耳が熱い。

「判っておられないようだから言いますが、これは軍人流の求婚の言葉です」

「きゅ……求婚？」

「俺がどうして、ここでこんな話をしているか、そろそろ気づいてほしいんですけど。あと二、三年はとても待てそうにないんです」

リーフェ嬢はまじまじと俺を見て、それから何かに気づいたように、ぱっと頬を染めた。

赤い顔のまま、初夜の時の威勢のよさとは打って変わって、「あの……はい」と、消え入りそうな声で言って頷く。

その瞬間、自分の中の制御の箍《たが》が外れた。

彼女の唇を塞ぐようにして、強く重ね合わせる。

その夜、俺たちははじめて結ばれた。

第四章　再びの王命

「ヴェルフ将軍、今度の演習の計画表をお持ちしましたので、ご確認を」

と真面目くさった顔で敬礼までして、王城の俺の執務室に入ってきたのはマースだった。

「うん、ご苦労」

こちらも真面目な顔で答える。

書類を手渡された瞬間、二人して思いきり噴き出した。

「やめろよバカ」

「それはおまえだ」

軽口を叩《たた》き合いながら、俺は書類を持ったまま椅子から立ち上がった。執務机を離れ、マースを促してソファへと移動する。

「何か飲むか？」

マースに訊《たず》ねると、「なんだよ、この部屋はお茶を淹《い》れてくれる可愛《かわい》い女の子もいないのかよ。可哀想《かわいそう》に」と嘆かれた。

「そんなもの必要ないからな。ただでさえ第六軍は人手不足なんだから、茶を淹れるだけの暇な人間がいるなら、拠点のほうに廻《まわ》ってもらう」

「知ってっか、レオ。第一将軍には、副官が二人もついてるって話だぜ。書類仕事はみーんなそいつらに任せて、ご本人は秘書に淹れてもらった茶で、優雅にティータイムを楽しむらしい」

「俺の副官はおまえだ、マース」

「勘弁してくれよ」

マースは顔をしかめたが、表情は笑っている。こんなやり取りはいつもの冗談のうちだ。

俺も笑いながらマースに茶を出し、それから書類をパラパラとめくり目を通していった。内容としては、いつもとそう変わりない。確認し、了承した、という一種の形式だ。

「拠点のほうはどうだ？」

「変わりないよ。いつもどおり、雑然として、下品で、ちょっと荒っぽくて、気のいいやつらの集まりさ」

カップに口をつけながら、マースが器用に肩を竦《すく》めてみせる。

俺は拠点にいた頃のその雰囲気を思い出し、しみじみと懐かしくなった。

気性の荒い連中が多いので、いざこざや問題はしょっちゅう起きていたが、戦いの場であれほど信頼の置ける男たちは他にいない。

「クルトは上手《うま》くやってるか？」

クルトは俺の隊にいた部下で、次の隊長に任命した男である。今ではそこは「ヴェルフ隊」ではなく「ブリンク隊」と呼ばれている。

マースはカップを口元から離し、少し考えるように視線を斜め上に向けた。

「ああ、まあ……あいつは多少、苦労してるかな。なにしろおまえさんが抜けた穴はでかいからな、プレッシャーも並大抵じゃないんだろう。だけどみんな、そうやって迷ったり悩んだりしながらやっていくもんだ。そうだろ？　あんまり困ってるようなら、俺も手を貸すさ」

「うん、頼むな」

そう言ってから、俺は自分が率いていた頃の部下たちの顔ぶれを頭に浮かべた。

部下というよりは、共に戦う同志であり、仲間だった。毎日毎日顔を合わせて、たまにうんざりするくらいだったが、確かに落ち着く場所でもあった。

……今はずいぶん、遠く隔たった感じがする。

書類に目を落としながら、ぼそりと口を開く。

「――なあ、マース」

「うん？」

「みんな、俺が将軍になったこと、本当のところはどう思っているんだろう」

今でも拠点に行けば気安く声をかけてくれるし、冗談交じりに「将軍殿」などと持ち上げられたりはするけれど。

長いこと苦楽を共にしてきた仲間たちを置いて、俺は一人でこの王城に来た。しかも普通、この若さで将軍になることなど考えられない。隊長を数年経験しただけでいきなり将軍になってしまった俺に、彼らがいい感情を持てなくても、無理はない話なのだ。

上に不信感を抱く集団は指示系統が機能せず、いざという時、あちこちで綻びが生じることになる。

一枚岩だった第六軍に亀裂が入り、また仲間内に犠牲が出ることになったら、それはすべて俺の責任だ。

託されたものは、あまりにも重い。

マースは急に、カップをガチャンと音をさせてソーサーに置いた。

「おい、勘違いすんなよ、レオ」

「何が？」

問い返した俺に向ける、マースの眼《め》は厳しかった。

「言っておくが、クルトも、おまえの隊にいたやつらも、第六軍にいる連中はみんな、おまえが将軍になったことに不満なんてない。第六将軍ってのがどれほど危うい立場なのかは知り尽くしてるから、むしろ同情しているくらいだ。前の将軍が辞めさせられた経緯には大いに言いたいことがあるが、それとこれとは別だろう。おまえが第六軍の中でずば抜けた実力の持ち主だってことも、俺たちはよく知ってるからな、みんな喜んでおまえの指示に従うさ」

俺は目を瞬《またた》いてマースを見返し、それから少し苦笑した。

「……なんだよ、世辞を言うなんておまえらしくない。茶の他にはもう何も出ないぞ」

「バカ、俺がおまえに世辞なんて言うか。同じ隊長だった俺だから、おまえのことはよく知ってるんじゃねえか」

「俺がなんとか隊を率いていられたのは、前の将軍やマースが助けてくれたからだよ。一度、危ないところをおまえに救ってもらっただろ。俺は本当は、あの時死んでいたかもしれないんだ」

「なんだよ、二年前のことか？　ありゃおまえが、部下たちを先に逃がして、自分一人残って敵を食い止めようなんてアホなことをするから……」

呆《あき》れたようにそこまで言って、マースは口を噤《つぐ》んだ。

ふいに真面目な表情になり、上体を傾けて俺に人差し指を突きつける。

「――心配なことがあるとしたら、おまえのそういうところだよ。おまえって、普段は温厚でちょっと頼りない感じがするくらいなのに、誰かを庇《かば》ったり守ったりしようとする時は、別人のように豹変《ひょうへん》して、一人で突っ走るところがあるからな。大体、『無謀の第六軍』の将ってのは、なぜか代々、第六軍の中でいちばん無謀な人間が据えられるものなんだ。……おいレオ、くれぐれも言っておくが、これから何かあっても、絶対に自分一人で引っ被《かぶ》ろうなんてするんじゃねえぞ。もう前将軍の時のようなことは御免だ」

最後の一言は、苛立《いらだ》つように付け加えられた。やっぱりマースも、それについてはいろいろと腹に据えかねていたのだろう。

「ああ、判《わか》った」

その気持ちはよく理解できるから、俺は素直に頷《うなず》いて返事をしたのだが、マースはちょっと疑わしそうな顔で俺をねめつけた。

「約束だぞ」

「なんだよ、女の子みたいなこと言って。うん、約束な」

「いいか、おまえももう奥方を持って、一人の身体《からだ》じゃないんだから――」

くどくどと説教をしようとしたらしいマースは、自分が出した「奥方」という言葉で思い出したのか、いきなり話の矛先を変えた。

にやりとからかうように口の端を上げる。

「そういや、どうなんだよ。新婚生活は」

そう問われた途端、いつもはあまり仕事をしない俺の表情筋が緩んだ。

「聞きたいか？」

「あ、いや、なんかその顔でもういろいろ察せられたからいいわ」

「そうか聞きたいか。よし教えてやる。俺の奥さんは、本当に可愛くて可愛くてな……」

その後延々と続いた俺の惚気話《のろけばなし》を、マースは引き攣《つ》った表情で聞いた。

婚姻からはもう二か月くらいが経過したが、俺とリーフェ嬢が実質上の夫婦になってから、まだ十日ほどしか経《た》っていない。俺たちにとっては、今がまさに新婚ほやほやである。

そりゃもう、毎日が薔薇《ばら》色に染まるくらい幸せだ。

以前とはがらりと様変わりして、明るく温かく、笑い声の絶えない屋敷に帰るのが、いつも楽しみでしょうがない。

「今度、贈り物をしようと思うんだが、ちょっと迷っているんだ」

「おまえが女性に贈り物をするという時点で、俺はもうびっくりだよ。何にしようか迷ってんのか？」

「ケーキと豚とゼリーの、どれがいいと思う？」

「なんでその三択なんだよ」

「本当に結婚っていいよなあ、マース」

しみじみと言うと、マースは楽しそうに声を立てて笑った。

「そりゃよかった。なにしろ、結婚の事情があれだったからな、これでも俺は心配していたんだ。今のおまえを見て安心したよ」

笑いの余韻を口元に残したまま、テーブルの上にあった書類を手に取り、とんとんと揃《そろ》える。そろそろ拠点に戻る刻限、ということだろう。

「なんでも、噂《うわさ》とはぜんぜん違って、えらく可愛らしい花嫁だったんだって？　まったく、暇を持て余している連中の、いい加減なことといったら——」

マースが言葉を呑《の》み込んだのは、その瞬間、俺がぴたっと動きも表情も止めたからだ。

「な、なんだよ、どうした、レオ」

「……おまえ、なんでそれ、知ってるんだ？」

「それって？」

「噂と違うって」

俺はマースにも、そのことを言っていない。もちろん、まだ屋敷にも招待したわけではないから、リーフェ嬢の実像も見ていない。

マースは俺の驚愕《きょうがく》に訝《いぶか》しげな表情になり、首を傾《かし》げた。

「だっておまえ、この間の王城の舞踏会に、奥方と一緒に出席したんだろ？」

「おまえは来ていなかったじゃないか」

「そうだけど、イアルの血筋を引いた娘が実際は大変な美女だったたって話は、もう結構広まってるぞ。俺の奥さんだって知ってたくらいだ」

「大変な、美女？」

「まあ、元の噂が噂だっただけに、多少誇張されてるのかもしれないとは思ったけど……おい、どうしたレオ、顔色が悪いぞ」

心配そうなマースの声も、もうろくに俺の耳には入らなかった。

……もしかして俺は、貴族社会の噂の伝播《でんぱ》力というものを、甘く見すぎていたんじゃないか？

夜会や舞踏会などで見聞された事柄が、あれこれ上乗せされたり削られたりして、口から口へと伝えられるうちに、元の形をすっかり失ってしまうというのはよくあることだ。

リーフェ嬢の場合は、マースの言うとおり、以前の噂があった分、今度は逆の方向でいろいろと盛って語られることは大いにあり得る。

あれだけ目立たないようにしていたのに。それでもこの短期間で、もうマースの妻のところにまで伝わっているなんて。

——だったら、ラドバウト王の耳にも、もうとっくに届いているということではないのか。


二日後、俺はその嫌な予感が的中していたことを知った。

「そなたの妻は、案外興味深い人物であったようだの」

呼び出された俺に、ラドバウト王が最初に放った一言がこれだ。

片膝をついて、顔を伏せていた俺の全身から、一気に血の気が引いていった。

「私の妻が、何か……」

喉から絞り出した声は掠《かす》れている。

王は空気を軋《きし》ませるような独特の笑い方をした。

「舞踏会での話を聞いたぞ。なんでも、イアルの血族らしく、気位の高い、高慢で鼻持ちならない娘であったということではないか。滅びた王朝の名を、いつまで振りかざすつもりか。まったく、どこまでも生意気な一族だ。余もこの目で見ておくのであったと、残念に思ったぞ」

見知らぬ女性とやり合った一件が、どういう経路を辿《たど》ってか、王の耳に入ったということか。

ラドバウト王は暴君だが、それに取り入り、自らも甘い汁を吸おうとする奸臣《かんしん》は多い。それらの側近は、少しでも王の興味を引きそうなことを、なんでも耳に吹き込みがちだ。王は自分の欲求を抑えず、望むものには金を惜しまないので、それにより自分に利が廻ってくることも多いからである。

——その連中の口から、リーフェ嬢のことはどのように語られたのか。

「陛下をご不快にさせたのであれば、まことに申し訳……」

「のう、第六将軍」

謝罪と共に下げた俺の頭の上に、王の声が降ってくる。愉悦を隠さないその笑い含みの声に、額から滲《にじ》んだ汗が頬を伝って滴り落ちた。

顔を上げれば、玉座の王はどんな顔をして、こちらを眺めているのだろう。

「やはりそなたに、イアルの血を引く花嫁は、荷が重すぎたであろう」

「……いいえ。決して、そのようなことは」

「無理せずともよい。そなたのような平民と変わらぬ下級貴族に、高貴な血筋の令嬢を抱え込むなど、はなから無理な話であったのだ。これは、悪いことをした」

毛ほども悪いと思っていない口調で言って、可笑《おか》しそうに笑う。

「イアルの血など、この世にはもう必要のないものだ。いつまでも未練たらしく残っているから悪い。そうは思わんか？　余が間違っておった。最初から、そなたなどには任せず、余が責任をもって管理すべきであったわ。化け物のような容姿であるなら放っておけと思ったが、そうでなければ話は別だ。花しか食べんというういけすかないイアルの女が、屈辱に顔を歪《ゆが》めるさまを見てみたい」

笑ってはいるが、その声の中にあるのは、消えた王朝、そしてそこに向ける人々の憧憬の念に対する、深い憎悪に他ならなかった。

権力を独占し、すべてを手にしても、まだこの人物は、止まらない怒りと妬み、枯渇感に突き動かされている。

ラドバウト王という人間を形づくる、どす黒く歪んだ情念が、磨き抜かれた美しい室内全体を闇色に染め上げていくようだった。

「貧弱な若い娘など普段は食指も動かんが、一度は人の妻になったというなら、多少は使い勝手がよくなっておるだろう。熟れすぎた果実もそろそろ飽きが来たのでな、たまには硬い実を食ってみるのも一興。それでこそ、そなたも今まで可愛がってきた甲斐《かい》があったというものだろう？　舞踏会では二人、なかなか睦《むつ》まじかったと聞いたぞ」

そうだ、マースが以前、言っていたではないか。

ラドバウト王は仲のいい夫婦ほど嬉々《きき》として壊したがる、と。

そこに幸福があれば、徹底的に粉砕しなければ気が済まないのだ。それは、この人物にはどうやっても手に入らないものだから。

――王は、最も効果的な、「イアルの血」への報復手段を思いついてしまった。

床についた手が震えた。小さな呻《うめ》きが口から漏れる。

「畏れながら――」

「第六将軍、これは王命である」

俺の言葉を無情に断ち切って、ラドバウト王はきっぱりと言った。

「そなたの妻を、余に献上せよ」


それからどう屋敷に帰ったのか、覚えていない。

固く低い声で、俺が王から受けた命令の内容を話すと、リーフェ嬢はみるみる顔から色を失った。

壁際に控えるようにして立つアリーダとロベルトも、同じく真っ青になった。

「……これに署名をせよとの仰せです」

ぺらりとした紙を出して、テーブルの上に置く。

リーフェ嬢は強張《こわば》った顔で、それを覗《のぞ》き込んだ。

「これは……？」

「離婚の承諾書です。これを提出して、陛下がサインをすれば、その瞬間から俺たちは他人同士ということになる」

風が吹いたら飛ばされそうな、こんな紙きれ一枚で。

俺たちが築いてきたもの、育ててきたもののすべてが、そこに名前を書くだけで消え失せる。それが現王の作り出したこの国の新しい法律だ。

王に無理やりこれを渡された何組の夫婦が、泣く泣く自分の名前を書いたことだろう。

「そんな……」

リーフェ嬢が言葉に詰まり、口に両手を当てた。大きな目に、涙の粒が溜《た》まっていく。

俺は視線を下に向けた。

虫害にやられた畑と家屋に火を点《つ》けた時のような無力感が、全身を覆っていく。

大事なものを、また自分の手で壊すのか。

この人には、いつでも笑っていてほしかったのに。

「お、お断りすることは……？」

震える声で訊ねられ、俺は黙って首を横に振った。

これまでも、こうして強引に離婚を迫られた夫婦は多かった。

自分の保身のために喜んで妻を差し出した男はほんの少数で、ほとんどの者は配偶者と別れるのを嫌がった。それでも王命には逆らえず、結局はみんな、諦めるしかなかった。

そこでどうしてもと頑《かたく》なに拒絶した夫婦はいない――ことになっている。その後の彼らの姿をもう見ることはなく、消息については誰もが口を噤んでしまうからだ。

……要するに、「断る」という選択肢は、はじめから与えられていない。

「俺はこれに署名をして、明日王城に持っていきます」

用紙を見下ろし、無表情で言うと、リーフェ嬢はくしゃりと顔を歪めた。

アリーダが我慢できなくなったように、一歩前に足を踏み出し、口を開きかける。

俺はそちらを見もしないで続けた。

「残された時間は多くない。あなたはすぐに準備してください」

「じゅ……準備、といわれますと」

「荷物をまとめて、出発するんです」

「出発？　あの、直ちに王城に行けということですか？」

「は？　まさか」

俺は驚いて顔を上げた。

「――俺の父親がいる領地へ。いつか行こうと言いましたよね？　父宛ての手紙を持たせますから、それを見せれば、後はなんとかしてくれるでしょう。退役したとはいえ、あの父も軍人でしたから、肝は据わっています」

リーフェ嬢は目を瞠《みは》った。

「お義父上《ちちうえ》さまのところ、ですか？」

「ベリーのジャムを楽しみにしていたでしょう」

「では、王城へは」

「誰がそんなところに」

吐き捨てるような荒い語調になった。バカバカしい、王にどんな目に遭わされるかも判らないあの魔窟のような場所へ、リーフェ嬢をやれるわけがない。

彼女は絶対に逃がす。

その決心は俺の中で揺るぎなかった。

「……レオさまも一緒に領地へ行っていただけるのですよね？」

リーフェ嬢のその問いに、俺は無言を貫いた。テーブルの上にあった彼女の両手がぐっと拳になって握られ、唇が引き結ばれる。

「レオさま」

「──俺は王城へ行かなければなりません。明日俺が出向かないと、王はすぐにでもこの屋敷に使いを差し向けるでしょう。でも、この用紙を渡して恭順の姿勢を見せれば、迎えは後日ということになる。それだけ時間が稼げますから」

紙を手に取り、ひらひらと振ってみせる。まったく腹立たしいが、この薄っぺらい存在が、リーフェ嬢を助けるための鍵となるかもしれないのだ。

「だって、そんな、それじゃ」

「あなたは急な病で亡くなったことにします」

「そんな嘘《うそ》が通じるとは思えません」

「心配しないで、なんとかします。あなたは今夜のうちにここを出て、領地を目指してまっすぐ進めばいい。もちろん、アリーダとロベルトを一緒に行かせます。大丈夫、二人に任せておけば、ちゃんとやってくれますよ」

「では、レオさまも後で追いついてくださるのですよね？　ね？」

懇願するように言われ、俺は苦笑した。

「領地までは遠いので、この屋敷にあるだけの金をすべて持っていきなさい。頼りない軍資金だが、ないよりはマシでしょう。……俺にはもう、必要のないものだから」

「レオさま……！」

リーフェ嬢の悲痛な声に、立っているアリーダが嗚咽《おえつ》を漏らし、ロベルトが顔を伏せて肩を震わせた。

……この二人も、彼女と共に無事に逃げおおせてくれるといいのだが。

「そうと決まったら、早く」

準備を、という言葉までは出せなかった。

「いいえ、ダメです!!」

リーフェ嬢が毅然《きぜん》として椅子から立ち上がり、大声で叫んだからだ。

「ダメです、そんなの！　わたくしはレオさまを犠牲にして逃げるなんてできません！　いいえ、決してそんなことはいたしません！」

「リーフェ殿……」

「いや、いやです！　でしたらわたくし、ここに残ります！」

「……この間、俺は俺の思うように行動すればいい、と言いましたよね？」

「必ず、わたくしはそれについてまいります、と申しました」

「俺の決断に従うという意味でしょう？」

「どんな決断をされても、レオさまのそばを離れず、溶けた飴《あめ》のようにべったりくっついてまいります、という意味ですわ」

「屁《へ》理屈だ」

「レオさまの解釈が間違っているのです」

眉を上げて意固地に言い張るリーフェ嬢は、俺を睨《にら》みつけて、一歩も引かなかった。可愛いが、可愛くない。こんなにも手強い相手ははじめてだ。

つい頭に血が上り、椅子から浮かしかけていた尻を、再びどすんと勢いよく下ろす。テーブルに肘をついた手で額を押さえ、はあー、と深いため息をついた。

その手に、リーフェ嬢の手が触れた。

「レオさま、一緒に逃げましょう」

「…………」

「わたくし、レオさまと離れたくありません。王城に行くのも真っ平です。でも、レオさまがすべてを被ってお咎《とが》めを受けるのは、もっと嫌です。それくらいなら、陛下のところに……」

「ダメだ！」

思わず怒鳴ってしまう。リーフェ嬢の身体が、びくっと揺れた。

もう一度大きな息をついて、今度は掌《てのひら》で顔を覆って唸《うな》った。

「……あなたは知らないんです、王に召し上げられた女性たちが、どんなに悲惨な末路を辿ったか」

廃人同様になって元の夫のところに返された女性の身体には、見るも無残な痣《あざ》と、無数の傷跡があったという。どんな惨《むご》い仕打ちを受けたのか、想像したくもなかった。

リーフェ嬢を、俺が愛した人を、そんなことにはさせない。

「でしたらやっぱり、一緒に逃げましょう、レオさま。レオさまと一緒なら、どこでも構いません。わたくしが舞踏会で軽々しくイアルの名を出してしまったのが悪かったのです。あの血は確かに、呪われているんですわ」

……いいや、違う。

俺は歯を食いしばり、強く目を瞑《つぶ》った。

事の発端を作り出したのは俺だ。

あの時、俺が――いいや、そもそもあの舞踏会に、リーフェ嬢を連れていかなければ。

こんなことになったのは、俺のせいだ。

「レオさま、どうか、お願いです」

掌を外し、リーフェ嬢の顔を見る。

彼女は懸命に哀願するような瞳を俺に向けていた。緊張しきって蒼白《そうはく》になり、強張っていてさえ、愛らしいと思わずにいられない。

この人と、一緒に年を取っていけたらいいなと思った。

いつでも隣で笑っていてほしいと願っていた。

――ずっと、守りたいと。

俺は力を抜いて、ふっと笑みを漏らした。

「……きっと、苦労しますよ」

呟《つぶや》くようにそう言うと、ぱっと明かりが灯《とも》ったかのごとく、リーフェ嬢の顔が輝いた。

「ええ、構いません！」

「また貧乏生活に逆戻りだ」

「平気です、慣れておりますもの」

「美味《お》しいものも食べられなくなるし」

「まあ、レオさま、わたくし以前にも申し上げたではありませんか」

リーフェ嬢は朗らかに笑った。

「レオさまがいてくれれば、たとえ固いパン一つでも、きっと美味しく感じられるって」

「……そうですね」

俺は切ない気分で目を細めた。彼女の手を取り、ぎゅっと握る。

「一緒に逃げましょう、リーフェ殿。明日、俺が王城から帰ってきたら、この屋敷を出ます。みんなで領地に行きましょう」

その言葉に、リーフェ嬢は嬉しそうに笑って、何度も頷いた。

ぽろりと、その目から真珠のような涙がこぼれ落ちる。

「はい……はい！　必ず、必ずですよ、レオさま！　ちゃんとご無事で王城からお戻りになってくださいね、わたくし待っていますから！」

「はい、必ず」

「お約束ですよ、レオさま！　本当に！」

また約束か。マースの顔が頭に浮かぶ。あいつもきっと、怒るだろう。

「リーフェ殿、俺があなたにウソをついたことがありますか？」

俺はそう言って、微笑《ほほえ》んだ。

ヴィム氏のことをとやかく言えない。

この時俺は、最愛の妻に対して、最初で最後の、そして最大の嘘をついた。


窓から射し込む眩《まぶ》しい朝陽で目が覚めた。

ぴったりくっついている熱い肌から離れて、身を起こす。すぐ隣で、枕に埋まるようにしてぐっすりと寝入っている顔を覗き込んだ。

いつもは「早起きして夫を起こすのが妻の仕事」と言い張ってきかないリーフェ嬢だが、さすがに今朝はそれも困難らしい。こうなることを見越して昨夜無理をさせたものの、やっぱり少し罪悪感がある。

疲労困憊《こんぱい》で熟睡している顔が、まるで遊び疲れて眠ってしまった子どものようにあどけなく見えた。リーフェ嬢ががっかりするところを見たくなくて、普段は俺のほうが早く起きてもそのまま眠った振りをしているのだが、今日ばかりはそうもいかない。彼女を起こさないように慎重に、頬にかかった髪をそっと直し、口づけを落とした。

そのままベッドを出て、素早く衣服を身につける。最後にもう一度可愛い寝顔を堪能して、微笑を浮かべた。

できればわたくしにメロメロになっていただきたいのですけど、と言われた時には、度肝を抜かれたものだが。

――気づけば俺はもう、とっくにそうなっている。

着替えてから寝室を出ると、廊下の先に、アリーダが直立の姿勢で待っていた。

「……お坊ちゃん、お食事はどうなさいますか」

いつもと同じ顔、同じ口調で問いかけられる。彼女が必死の努力でそうしているのが判るから、俺もいつもと同じように「お坊ちゃんはやめろって、俺もう結婚してるんだから」と笑って返した。

「朝食はいい。このまま出かける」

俺は、朝も夜も食事は一緒に、とリーフェ嬢と約束を交わした。この屋敷の中で、彼女が同席しないのなら、自分一人だけで食事をとろうとは思わない。

……破る約束は、一つで十分だ。

「かしこまりました」

普段なら、食事抜きなんてとんでもないと目を三角にして怒るアリーダは、それだけ言って頭を下げた。

「アリーダ」

「はい」

「――リーフェ嬢を頼む。必ず、彼女を」

無事に逃がしてやってくれ、という続きの言葉は声に出さなかったが、アリーダは顔を伏せたまま、何度も頷いた。

「はい、必ず。……あの方が来てくださってから、この屋敷がどれほど明るくなったか判りません。お坊ちゃんの大事な奥方さまは、私が命に代えても、必ずお守りいたします」

「物騒なこと言うなよ、アリーダ」

俺はおどけるように言い返した。

「アリーダだって、俺の母親代わりの大事な人だよ。ロベルトもな。おまえたちも早くここを出ていくんだぞ、いいな？　屋敷なんてのはただの箱だ、こんなものを後生大事に守ろうとしなくていい。さっさと捨てていいから、自分を助けることを優先させろ」

アリーダは返事をしなかった。下を向いたまま、肩を震わせている。

「主人命令だぞ。不甲斐ない主人だけどな。……だけど頼む、アリーダ。俺は子どもの頃から、あんまり我儘《わがまま》言って困らせたりしなかっただろ？　こんな時くらいは言うことを聞いてくれよ」

「お坊ちゃんは昔から、たまに非常に頑固におなりになって、そういう時は、私でも先代さまでもどうにもならずに、ほとほと困り果てたものですよ。……そんなところ、お坊ちゃんと奥方さまは、ご夫婦でそっくりです」

ようやく顔を上げたアリーダは、怒ったように眉を上げて、両目からぼとぼとと涙を落としていた。

昨夜のリーフェ嬢の意固地な顔を思い出して、俺は苦笑するしかない。

「それは、悪かった。——じゃあ、行ってくる。見送りはいい」

軽く手を上げて、歩き出す。

アリーダは、もう一度深々と頭を下げた。

第五章　それぞれの信念

王城のここに来るようにと指定されたのは、いつもとは別の場所だった。

俺はまだあまり王城内のことに詳しくないので、そこがどんな目的で使用される部屋なのかよく判《わか》らない。もっぱら俺が出入りするのは一階の執務室周辺くらいで、第六将軍の立場では、許可がなければ立ち入れない区域も多いからだ。

ラドバウト王は先例や慣習に従うことを嫌い、その日その時の気分でころころと決まりなども変えてしまうため、なおさらである。

とにかく言われたとおりの刻限にその部屋まで赴いたら、扉の前には警護のための兵と一緒に、ヴィム氏の姿まであって驚いた。

「なぜあなたが、ここに？」

と訊《たず》ねると、ヴィム氏は少し困ったように首を傾《かし》げ、笑みを浮かべた。

「僕はアルデルト王太子殿下の近侍ですからね。ここにいるのはもちろん、殿下の付き添いです」

「王太子殿下もいらっしゃるのですか」

ますます驚くと、ヴィム氏は口元の笑みをはっきりとした苦笑いに変えた。

俺のほうに顔を寄せ、声音を抑えて囁《ささや》く。

「――陛下のご命令で、立会人をなさるんですよ」

「立会人？」

ヴィム氏は肩を竦《すく》めた。

「よくそういうことをやらされるんです。一応表向きには、いろいろと直に見て勉強せよ、とのことなんですがね。まあ実際には、そうやってご自分が強権を振るって他人を虐げるところを目の当たりにさせて、歯向かう気を徹底的に失わせようというのが目的なんでしょう。なにしろあのとおり、殿下は気の弱いお方ですからねえ。お気の毒に、今もこの中ですっかり怯《おび》えて小さくなっていらっしゃいます。――それに、そうやって殿下を近くに置いておけば、後で誰かに何かを言われても、それはちゃんと第三者立ち会いのもと行われた公明正大なものだと返せますからね。まったく、悪知恵ばかりは働くのだから困ったものです。誰がどう考えたって、あの殿下がまともに立会人をこなせるわけがないことは、判りきっているのに」

呆《あき》れた口調で、王にも王太子にも不敬なことを言っている。俺のほうが慌てて警護の兵を見てしまったが、そちらは我関せずというように知らんぷりだった。

王や王太子に近い立場にいる人間ほど、こういうことには無頓着なのだろうか。

「ではヴィム殿は、俺がここに来た理由も……」

「もちろん知っています。陛下のイアル嫌いがこういう形で出たのかと、かえって感じ入ってしまいましたよ。あの一族など、もう見る影もないくらいに零落して、どう考えても敵になりようがないのに、一体どんな幻と戦っておられるのやら」

飄々《ひょうひょう》とした態度ながら、ヴィム氏のその声には腹立たしい調子も混じっていた。

やはりこの人も、平静ではいられないということなのだろう。当然だ、リーフェ嬢は、彼にとってもかけがえのない大切な妹なのだろうから。

「俺が至らないばかりに、こんなことに……」

頭を下げようとした俺を、ヴィム氏は手を上げて遮った。

「決して将軍のせいではありません。運が悪かったとしか言いようがないが、これは僕の責任でもあるし、イアルの血のせいでもある。こうなったからには、僕は僕で最善を尽くします。――それよりも、よろしいですか、ヴェルフ将軍」

ヴィム氏はさらに音量を抑え、ひそひそ声になった。

「とにかく、この場は穏便に済ませることです。決して、早まったことをなさらないように。ここで陛下を怒らせれば、あなたの身も危うくなる。いいですね？」

厳しい顔つきで何度も念を押されたが、俺は何をすると思われているのだろう。「もちろん、早まったことなどしません」と答えたら、非常に胡乱《うろん》な目つきをされた。

「将軍――」

ヴィム氏はさらに何かを言いかけたが、その時、扉の前に立っていた兵が、つかつかと俺たちのもとへ近寄ってきた。

「ヴェルフ将軍、入室の前に、腰の剣をお預かりいたします」

ラドバウト王の前に出る時は、帯剣は許されない。俺は大人しく頷《うなず》いて剣を外し、鞘《さや》ごと相手に手渡した。

　自分の剣が兵の手にきっちり収まったことを見届けてから、ヴィム氏のほうを振り向き、両掌《てのひら》を広げてみせる。

「ご覧のとおり、俺は丸腰です。空手の将軍に、何かができるはずがないでしょう？」

　ヴィム氏はまだ少し疑わしそうだったが、それでも俺が素直に武器を手放したことに安堵《あんど》したのだろう。小さな息をついた。

「それでヴィム殿、メイネス家のほうは」

　あちらにまでラドバウト王の手は廻《まわ》っていないのか。確認するように問うと、彼は軽く頷いた。

「ご心配には及びません。文句だけは言っても、陛下に堂々と盾突けるほど気概のある両親ではありませんからね。今頃、屋敷の中でただ嘆きながら、イアルの誇りとやらがどれほど役に立たないものなのかを痛感していることでしょう。あの人たちにはいい薬です」

　ふんと鼻息を吐いて腕を組み、突き放すように言う。やっぱりこの兄妹《きょうだい》はよく似ている。まるでリーフェ嬢と話をしているようで、俺は目元を緩めた。

　——この人もまた、イアルの血に抗《あらが》いながら、生きている。

「それを聞いて、安心しました」

　俺はそう言って、目の前の扉を開けた。

その部屋の中央には、長い架台式のテーブルが置かれてあった。

どうやらここは、側近たちが会議を行う場であるらしい。造りは豪華だし、美しく保たれてはいるが、テーブルと椅子の他に余分なものはほとんどない。壁に一枚絵が飾られて、凝った装飾の棚がある以外には、事務的な印象を受ける素っ気ない部屋だった。

その長いテーブルの端にラドバウト王が、真ん中にアルデルト王太子が、そして王の反対側の端に、俺が座ることになった。

メイネス家の日常の食事とはこんな感じだったのだろうか。リーフェ嬢が言っていたとおり、遠い。確かにこの距離では、会話をするのも大変そうだ。

「ヴェルフ将軍、ご苦労であった」

はるか向こうから、王が機嫌良さそうに言った。

王のすぐ後ろには、ぴったりと護衛がついて、こちらに警戒の目を向けている。王族の護衛ということは第一軍所属なのだろうが、まったく見たことのない顔だった。

第一と第六とでは交流など皆無なので無理はないのだが、それにしても若い。よほどの高位貴族のご子息なのかな、と俺は内心で首を捻《ひね》った。

真ん中の席で、自分の居場所がないように落ち着きなくおどおどと視線を彷徨《さまよ》わせているのは、アルデルト王太子。その後ろにしれっとした顔で控えているのは、護衛ではなくヴィム氏である。王太子は人見知りで彼以外の他人を怖がるようだから、そのためなのかもしれない。

そして俺の後ろにも、張りつくようにして兵が立っている。これはもちろん護衛のためなどではない。監視と牽制《けんせい》だ。

周りの壁際にも数人の兵が立って、じっと俺を注視していた。それぞれが剣の柄《つか》に手をかけ、いつでも抜ける体勢をとっている。

おそらく王は、言うことを聞かせたい相手がいる時は、こうして密室に呼び出し、じりじりと重圧をかけ、怯えるさまを見て楽しんでいるのだろう。

この重苦しく剣呑《けんのん》な空気、免疫のない貴族連中はひとたまりもなく陥落しそうだ。

「そなたも飲むがよい」

まだ午前の早い時間だというのに、ラドバウト王の前には、真っ赤な葡萄酒《ぶどうしゅ》の入ったグラスが置かれている。

王は美酒美食を好み、そのためにどんどん国庫を減らしているという話は、まんざら大げさなものでもないようだ。

「いえ、私は」

断ったが、俺の前にもグラスが置かれ、酒が注がれた。

瓶を持って行き来し、給仕をしているのはヴィム氏である。この場において、彼は下働きのような役目もこなしているらしい。

「遠慮せずともよい。毒など入っておらんぞ？　なにしろ余は、自分の目の前で栓を抜いたものしか口をつけんようにしているからな。食い物も、必ず誰かに毒見をさせてから自分の口に入れるのだ。余の命を狙う輩《やから》は多いからのう」

意味ありげに目を細めてから、これみよがしにグラスの酒を一気に呷《あお》り、贅肉を揺らして甲高い声で笑う。

「そなたも、そこから下手に動くとどうなるか判らんぞ。行動には、重々気をつけることだ」

なるほど。この長いテーブルはそのためのものなんだな、と俺は納得した。

これが最大の障害物となって、王と相手との間を隔てている。王に近寄ろうとするなら、このテーブルを迂回《うかい》して兵たちの前を通らなければならない。

いつもの場所では、俺は床に膝をつき、王は玉座に座る。あちらとこちらの間には、何もない空間があるだけだ。今日はあの場では心許《こころもと》ない、と王は判断したのだろう。

あれだけ多くの警護に囲まれていながら、それでもなお不安なのかと呆れた。

他人のことを容易に信用できないのは、自分の中に後ろ暗いものがあるからだ。

「――書類をお持ちしましたので、どうぞご確認を」

グラスには手をつけないまま、俺が無感動に告げると、王は舌打ちした。

「まったくせっかちなやつだ。これだから下賤《げせん》で無粋な軍人は……まあいい、こちらに持ってこい」

テーブルに出した用紙を、傍らのヴィム氏が軽く一礼して手に取った。

ざっと一瞥《いちべつ》して、俺とリーフェ嬢の署名がちゃんとされているのを確認してから、それを持って王のもとへ歩いていく。なにしろテーブルが長いため、いちいち時間がかかるのが、少々まどろっこしい。

ようやく王のところまで到着し、ヴィム氏がテーブルの上にその紙を広げて置いた。

「……ふん」

王がそれを眇《すが》めるようにして見て、無造作に手を出す。傍らにあったペンを取りインクをつけると、さらさらとサインした。

――これで、離婚成立だ。

呆気《あっけ》ない。

もう、リーフェ嬢は俺の妻ではない。

……今の彼女は、俺とは無関係の、赤の他人になった。

ラドバウト王がくっくと笑う。

「さて、これでイアルの女は余のものだ。高貴な血筋の娘は、一体どんな味がするのであろうな、ん？　ヴィムよ、そなたも王家との繋《つな》がりができて嬉《うれ》しいだろう。なにしろ少しでものし上がるために、誰もがイヤがるアレの世話係まで名乗り出たくらいだからなあ。まったく、落ちぶれた貴族のさもしいことよ」

にんまりとした笑顔で言われ、ヴィム氏は強張《こわば》った表情になった。黙って目礼だけをして、またアルデルト王太子のもとへと戻る。

リーフェ嬢の兄である彼をこの場に同席させているのは、きっとこのためだったのだろう。王は他人をいたぶり、その悲しむところ、苦しむところを自分の目で見るのが、なにより好きなのだ。

これらのやり取りを理解しているのかしていないのか、王太子は最初からずっとぼんやりとした表情で、視線をふらふらさせている。

「陛下、一つ、お願いがございます」

俺が口を開くと、ヴィム氏がはっとしたようにこちらを見た。俺のすぐ後ろにいる兵も、緊張したように剣の柄を握る手に力を込めるのが判った。

「なんだと？　余に頼みとは生意気な……まあよいわ、申してみよ。妻を差し出した見返りに、何を望むのだ」

王が鬱陶しそうに顔をしかめた。俺は軽く頭を下げる。

「――この機に、将軍職を返上させていただきたいのですが」

その申し出に、ラドバウト王は少し驚いたように目を見開いた。

「将軍を辞めると申すか」

「だけでなく、第六軍から籍を抜くこともお許しいただきたく」

俺がそう言うと、室内の兵たちまでが揃《そろ》って目を丸くした。ヴィム氏は、苦虫を噛《か》み潰したような顔をしている。

声にならないざわめきが広がる中で、王の哄笑《こうしょう》だけが大きく響き渡った。

「なんと……そなた、妻を失って、軍人まで続ける気が失せたということか！　なんという不甲斐《ふがい》なさ！　前将軍は、とんだ腑抜《ふぬ》けを第六軍の将に据えたものよ！」

侮蔑の嗤《わら》いがいつまでも続く。俺はまったく表情を変えずに、それを聞いていた。

「それでそなた、軍人を辞めてどうするつもりだ？　平民のように畑でも耕すか？　物乞いでもするか？　これは傑作だ、妻を取り上げただけでそこまで堕《お》ちるやつははじめてだ！」

「新しい第六将軍には、マース・クレルクを推挙したく――」

「ああ、ああ、誰でも好きにすればよいわ。どうせ第六将軍なぞ、誰がやっても同じだ。もっとも歴代将軍の中で、そなたほど情けない男はいなかっただろうがな」

　面倒くさそうに片手を振る。

「――では、ご了承くださると」

「好きにせよ。イアルの女も、そなたのような男と縁が切れて、せいせいするであろうよ。閨《ねや》にて、この時のことを詳しく話してやるわ。レオ・ヴェルフ、そなたは今この時をもって、第六軍から除隊とする。余が許可した。これでいいのであろう？」

　俺は頷いて、息を吐いた。

　言質は取った。ここには王太子というれっきとした立会人がいて、兵たちもいる。後でちゃんと証言してくれるはずだ。

　レオ・ヴェルフという男は、第六軍とはもう関わりがないと。

「では陛下、改めて申し上げますが」

　その言葉に、王は片眉を上げた。

「なに？　そなた図に乗るなよ？　頼みは一つだけと言ったであろうが。用件は済んだのだから、さっさと退《さ》がるがよい。余は忙し――」

「いつまで、イアルの血などという、くだらないものにこだわるつもりです？」

　一瞬、場が凍りついた。

いかにも馬鹿にしきった顔で歪《ゆが》められていたラドバウト王の唇が、ぴくりと引き攣《つ》ったように結ばれる。その表情から笑いが消え失せ、どろりと濁った眼《め》が、怒りを滲ませてこちらに向けられた。

「……なんだと？」

俺はそちらを静かに見返し、淡々と言った。

「イアルの血が一体なんだというんです？　そこにはあなたが卑屈になり、恐れるものなど、カケラも存在していない。許せないのは、とうに滅んだ王朝の名ですか。それとも、人々が向ける敬意ですか。しかしそれだって実体のないものだ。ただの影に怯える必要がどこにあるんです？　真に尊いものは、別にある。あなたが今までさんざん馬鹿にし、踏みにじってきたものの中にこそ、貴重なものがあるというのに、なぜそこに気づかないんです？　あなたが恐れなければならないのは、あなたの今までの所業によって失われた、価値あるものたちです」

優しさ、愛情、絆《きずな》、信頼、そして勇気。

それこそが人の世において、なにより貴重で、尊く、希少なものだと気づかない王は、いつまで経《た》っても救われることはない。

憎しみには憎しみが返り、不信は孤立を生み、他人を顧みない欲望はいずれ破滅を導くだけ。

本当に恐ろしいのは、憎悪の連鎖、永劫《えいごう》の孤独、その先に虚無しかない生だというのに。

「イアルの血だけを求めるあなたに、あの人を渡すことはできません。ようやくその呪いから抜け出して、彼女は彼女としてこの世界で懸命に生きようとしている。――俺は、誰にもその邪魔をさせるつもりはない」

小首を傾げる仕種《しぐさ》。柔らかく綻ぶ唇。

「あのね、レオさま」と言う時の、少し甘えるような声。

いつでも何か新しいものを見つけ出して輝いていた瞳。

……夢も希望も失くしかけていた俺に、明るい光をもたらしてくれた、希《まれ》なる存在。

「な……な、な、な」

ラドバウト王は憤怒で顔を真っ赤に染め、ぶるぶる震えた。

「そなた——この余に向かって、なんと、なんという……」

テーブルを挟んだ向こうにいるその人物を見ながら、俺は空気を乱すことなく、するりと椅子から立ち上がった。すかさず兵が一歩詰め寄り、俺のほぼ真後ろに立つ。

「将軍、ご着席を」

鋭い声で威嚇するように耳打ちされたが、俺はそちらを振り向かなかった。

「俺はもう将軍じゃない」

ぼそりと答える。

俺はもう将軍ではないし、軍人でもない。

リーフェ嬢とも、第六軍とも、縁を切った。

ここにいるのは、ただの一人の大罪人だ。

だから、その立場に縛られている時には言えなかった言葉も、ようやく口に出すことができる。

ずっと長いこと、言ってやりたくてたまらなかった。

「――この下種《げす》が」

その瞬間、ぐっと拳を固めて身を低くし、後ろの兵の腹部に勢いよく肘を食い込ませた。

「がっ！」

兵が呻《うめ》いて上体を屈《かが》ませる。監視対象のすぐ後ろに立つなんて、初歩的な過ちを犯すから、そういうことになる。こいつが部下だったら、どやしつけていたところだ。

よろめく兵の手が剣の柄から離れた。俺はそちらを見もせずに、素早く背中に右手を廻し、その柄をしっかり握った。

それと同時に床を蹴って、テーブルの上に飛び乗る。ざりっと刃《やいば》が鞘から抜ける音がした。自分の武器を奪われても、兵はもうそれを止められない。

他の兵たちも誰も反応できていなかった。なんのために剣に手をかけていたのか判らない。どいつもこいつも実戦を積んだ経験がないから、こういう時の咄嗟《とっさ》の判断力に欠けるのだ。全員が、俺のスピードについてこられず、茫然《ぼうぜん》としている。

正面にいる王が驚愕《きょうがく》で目と口を大きく開けた。悲鳴を上げようとしたのか、兵たちに命令を出そうとしたのかは定かではないが、その声が出ないうちに俺はテーブルの上をまっすぐ走り出した。

「ヴェルフ将軍っ！」

ヴィム氏が切羽詰まった声で叫んだ。

流れる景色の中に、愕然とした表情をしている彼と、動けないのか同じ恰好《かっこう》で座ったままの王太子が、ちらりと見えた。周りに立っていた兵も焦った顔でようやく動き出したが、到底間に合わない。

攻撃を防ぐための障害物であったテーブルは、今や完全に裏目に出て、最短距離の道となって王へと延びている。

その道を一気に駆け抜け、残りの歩数を冷静に計算しながら、手の中の柄をくるりと廻して剣を握り直した。

「ひいいいいいっっ!!」

ラドバウト王が喚《わめ》き声を上げる。その顔がはじめて恐怖に占められた。

俺は無表情のまま、剣を振りかぶった。敵を捉えた時の底冷えのする眼に射竦められ、王は動けないでいる。

「——ご覚悟を。俺も後からすぐにお供します」

躊躇《ちゅうちょ》はなかった。動揺もなく、冷徹な意思だけがあった。

そのまままっすぐに白刃を振り下ろし——

王の首に届く寸前のところで、ぴたりと止まった。

「ひっ……!　ひ、う、ぐっ……ぐあっ……」

「——？」

王の様子がおかしい。

悲鳴が呻き声に変わり、蒼白《そうはく》だった顔色は土気色になっている。苦しそうに身を捩《よじ》り、左手が空中の何かを掴《つか》もうとして、もがくように動いていた。ショックのあまり心臓発作でも起こしたのかと思ったが、右手が押さえているのは胸ではなく自分の首元だ。

「ぎっ……！」

最後に一言、何かに潰されるかのような音を出して、ラドバウト王は泡を吹き、白目を剥《む》いた。

そのまま、どう、とテーブルの上に突っ伏して倒れ込む。テーブルの上を搔《か》きむしるように手が暴れていたが、それもしばらくびくびくと痙攣《けいれん》して、唐突に動きを止めた。

荷物のように腕がばたんと投げ出されて、それきりぴくりともしない。

え？

あまりのことに、俺はテーブルの上で唖然《あぜん》とした。

戸惑いながら剣を下ろし、身を屈める。

——斬った、わけではないよな？　剣の刃は、王の皮膚を掠《かす》めもしていない。なのに、どうしてこんなことになっているんだ？　いや、結果としては同じことなのかもしれないが、これも俺が弑逆《しいぎゃく》した、ということになるのだろうか。

「へ……陛下？」

ひょっとして死んだフリでもしてるのか？　と訝《いぶか》って、俺は王の身体《からだ》に自分の手をかけようとした。

その途端。

「——触るな、ヴェルフ将軍」

という、凛《りん》とした声が響いた。

思わず指を止めずにはいられないほどの、人を威圧する口調だった。

「まったくヒヤヒヤさせられる。もう少しで、こちらの計画が台無しになるところだったぞ」

聞いたことがない声。

でも、聞き覚えのある声。

俺はそちらの方向に、ぎこちなく顔を巡らせた。

そこには、冴《さ》え冴《ざ》えとした知性の光を瞳にたたえ、ぴんと背筋を伸ばし、正面からこちらを見返すアルデルト王太子の姿があった。


部屋全体に張り詰めていた空気が一気に緩んだ。

周りにいた兵たちが全員、剣の柄から手を離し、肩から力を抜いてほっと息をつく。その態度もその表情も、現王が目の前で突然倒れたというこんな非常時に、見せていいものではなかった。

「案外、時間がかかったな」

「なにしろ陛下は頑健さが取り柄のお方ですし、この大きな体格ですからねえ」

アルデルト王太子が顎に手をやり、まじまじとラドバウト王の巨体を観察するかのように眺めている。

冷淡なほどに醒めた目つきといい、落ち着き払った口ぶりといい、いつぞや王城内でふらふらと迷っていたのと同一人物とは思えない。それなのにヴィム氏のほうは驚いた様子もなく、こちらも平然と返事をしていた。

「――あの、アルデルト王太子殿下」

王太子は、強張った声を出した俺に目を向けると、「とにかく座れ、ヴェルフ将軍」と何かを払うように手を振った。

その言葉で、今の自分がまだテーブルの上にいることに気がついた。

慌ててそこから降りて床に立った俺に、兵たちは誰一人として向かってこなかった。拘束どころか、囲むこともしない。

なんだ、これ。

俺はすっかり混乱しきっていた。

「……ご説明いただけるのでしょうか」

「説明も何もだな」

王太子は改めて手近な椅子に腰かけ、片手で頬杖《ほおづえ》をつき、ゆったりと足を組んだ。

すぐ目の前には父親がおかしな恰好でぐにゃりと曲がり、テーブルに突っ伏しているというのに、もうそちらには目をやろうともしない。

「……遡れば、十五年前、私の兄が亡くなったところからはじまるが」

アルデルト王太子の兄は、彼の前に王太子を務めていた人物である。俺は立ったまま、その人の断片的な情報を頭に浮かべた。

確か、生きていれば、俺と同じ年頃だ。

「兄は、私の目から見てもよくできた子どもであったよ。賢く、優しく、人格も清廉で、幼くとも道理というものを弁《わきま》えていた。私は兄を尊敬していたし、自分も立派な人間になって、いつかこの方をお助けしたいと願ったものだ」

　王太子はふと遠い目を空中に向けた。見ているのは、在りし日の思い出と、かの人の面影だろう。

「――しかし、兄上は少々正義感が強く、気性がまっすぐすぎるところがあった。まあ無理もない、私は当時十歳の子どもだったが、兄上もまた、私よりほんの三つ上の、やはり子どもであられたのだから。だからこそ潔癖で、父上の非道が許せず、憤りを抱いていた。それである日、子どもらしく正面から父上を非難し、糾弾し、諫言《かんげん》したのだ。この国のため、民のためを思うなら、今すぐ玉座から降りるべきだと、正論をぶつけてな」

　宙にあった王太子の視線が、今度は下に向かった。

「……そしてどうなったか。三日後、兄上は王城の敷地内で、遺体となって発見された。理由も原因も判らず、結局不慮の事故として片付けられたが、誰もそれに異議を唱えることはなかった。次代の王となるべき人間が亡くなったというのに、真相を究明しようという声さえ上がらなかった、不自然なほどに。みんな薄々、気づいていたからだ。その件の本当の首謀者、裏にいるのが誰であるかということに」

　淡々とした口調で語られるその内容に、俺の背中を悪寒が這《は》い上る。

「まさか……陛下が？」

「直接手を下したわけではないだろうがな」

「しかし、実のお子ですよ？」

「そも親子の情というものを解することができる人物であったなら、この国はここまで乱れてはおるまいよ」

「いや、しかし、王太子を……世継ぎを失えば、困るのは」

「――困るのは、父上以外のすべてだな。将軍のような人間には判らないかもしれないが、世の中にはそういう者もいるのだ。ひたすら、自分、自分、自分、それだけ、という化け物が。父上はな、自分が生きている間、『自分だけの楽園』が続けば、ただそれでよかったのだよ。自分が死んだ後のことなど、これっぽっちも考えてはおらぬ。自分の代で血が途絶えようが、どれだけ民が死のうが、この国が滅びようが、心底、どうでもよかったのだ」

俺は言葉を失った。

――確かに、それは化け物だ。俺には……いや普通の人間には、到底理解できない。

そのような化け物が君主の座にあったという事実が、なにより恐ろしいことではないか。

「それで私は、自分の身を守るため、『愚鈍の面』を被《かぶ》ることにした。父上は自分よりも劣る者のことは、まったく気にもかけなかったからな。それに王太子が無能であればあるほど、自分が実権を握る期間が長くなる。父上にとって、私は実に都合の良い世継ぎであったのだろう。もちろん、愚鈍を装うのは私にとっても利があった。なにしろ、その面を被っていれば、誰もが面白いくらい本心を見せるからな、敵と味方を判別しやすい。……そうして私はずっと、機を窺《うかが》っていたのだ」

反撃の機会を。

そう言って、アルデルト王太子は静かに息を吐き出した。

俺は、ぴくりとも動かない、ラドバウト王の丸い背中を見つめた。

もはや王が事切れているのは誰の目にも明らかだ。こんなにも都合よく、心臓発作を起こすはずもない。あの苦しみ方、急死の理由は、おそらく毒だろう。

しかし、どうやって？　怪しいのは葡萄酒だが、栓は自分の目の前で開けさせたと言っていた。大体、酒に毒が入っていたのなら、勧められた俺も死んでいた可能性があった、ということだ。

「陛下はとにかく用心深いお方でしたからねえ。普段の食事に細工をするのも簡単ではない。その点、今日はよかったです。なにしろ陛下の注意は、おもに将軍のほうにばかり向けられていましたから。将軍が何をしてくるか判らない、と思うように仕向けたのは、まあ、僕たちなんですけど。仕込んであるのは酒瓶のほうとは限らない、ということにも頭が廻らなかったようで」

ヴィム氏がにこやかに言いながら歩いてきて、王の前に転がっていたグラスを手に取った。その代わりに、俺の席の前にあった、手のつけられていない酒の入ったグラスをことんと置く。

そして空のグラスを自分のハンカチで丁寧に包むと、なにげなくそのまま自分のポケットにしまった。

んん？

――もしかしたら俺は今、大変に重要な、証拠隠滅の場面を目の当たりにしているのではなかろうか。

それは見なかったことにして、改めて王太子のほうへ向き直った。

「なぜ、今だったのです？」

なにも今でなくても、王を暗殺しようというなら他にも機会はあっただろうに。王太子が噛んでいるのならなおさら、本人はその場に居合わせないほうがよかったのではないか。

――それに、放っておいても王は死んでいた。俺が勝手に暴走して罪を背負うところを黙って見学していれば、なにより楽で安全だったはず。

俺の疑問に、王太子は肩を竦めた。

「ヴェルフ将軍、こちらは数年かけて、これだけの人間を用意するのがやっとだったのだよ」

その言葉に、周囲を見回す。

兵たちも、ラドバウト王の護衛をしていた青年も、その場から動くことなく、大人しく王太子の話に耳を傾けている。

なるほど、ここにいる全員が、計画のため、王太子によってひそかに王のもとに送り込まれていた面子《メンツ》であるということか。

……なぜか、彼らの目がやけにキラキラ輝いて、俺のほうに集中して向けられているような気がする。

あまり見ないでおこう。

「本当は、事を起こすのはもう少し先にするつもりだったのだがね。ヴィムが、将軍はどういう行動に出るか判らない、先手を打つべきだと言い張って」

「だって、『無謀の第六軍』の将ですから。僕の言ったとおりになったでしょう、殿下？」

ヴィム氏はニコニコして、手柄を取ったかのように大威張りだ。

「ですから、なぜ……」

「王の首が、国軍の、それもよりによって将軍に討ち取られたなどということになったら、大騒ぎになるからだよ。ただでさえこれまでの悪政によって、このノーウェル国は荒れている。疲弊している人心を、これ以上血なまぐさい話で惑わせることはあるまい。新しい時代の幕開けは、せめて民の目には、希望と期待に満ちた、綺麗《きれい》なものに映るようにしてやらねばならん」

「は――」

アルデルト王太子の言葉に、俺は恐れ入って頭を下げたが、

「そうしておかないと、次の王になる私が面倒じゃないか」

あっさり本音を出されて、そのままの姿勢で固まった。

「私は王になってからも、しばらくは『愚鈍』のフリを続けるつもりなんだ。そのほうが切り捨てる者たちの選別が簡単だしね」

何か恐ろしいこともさらりと言っている。

俺は聞かなかったことにして無言を通したが、王太子は構わずににっこりした。

「――というわけで、私はなるべく支障なく滑らかに即位したい。厄介ごとも少ないほうがいい。が、こちらにはまだ手駒が少ない。私が自由に行動できない分、私の代わりに動いてくれる手足、私の代わりに見聞きしてくれる目と耳が必要なのだが、そのための貴重な人材である第六将軍を失いたくはなかった、というわけだ。間に合ってよかった」

「は⁉」

俺はぎょっとした。

「いやー、ヒヤヒヤしましたよねえ」

と言いながら、ヴィム氏までがあははと呑気《のんき》に笑っている。今までの俺の「関わりたくない」という全力の意志表明を、主従二人して完全に無視するつもりらしかった。

「ちょっと、お待ちを。俺——いや、私はもう、将軍ではありませんし、そもそも軍人でもありません」

慌てて抗弁したが、王太子とヴィム氏は二人同時に首を傾げた。

「なんのことかな？　ヴィム」

「はて、なんのことやら」

「さっき、ラドバウト王が、私の辞職の申し出を受理したはずです」

「ぼんやりしていて、聞こえなかったなあ」

「やだな将軍、だから僕、言ったじゃないですか、殿下は立会人にはなれないと」

「私は陛下を弑逆しようとした罪人で」

「心配するな、将軍は未遂、実行犯はこの私だ。そして私はもちろん、これを罪にするつもりはさらさらない。どこにも外傷はないし、血も流れていないのだから、父上は心臓の病で急死なさったのだ。太りすぎの上、暴飲暴食を続けていればさもありなんと、医師もそう診立てるだろう」

王城の侍医まで抱き込み済みなのか。

「とにかく、俺はもう、将軍職を続けるつもりは——」

結果がどうあれ、俺は王に剣を向けたのである。その時点で、国に忠誠を誓う軍人でいる資格を失った。ましてや将軍なんて、どの面下げて名乗れるだろう。

若干ムキになって言いかけた時、まったく別の方向から思わぬ横槍《よこやり》が入った。

「お待ちください、ヴェルフ将軍！」

声を上げたのは、ラドバウト王の護衛をしていた青年だった。

俺のすぐ近くに駆け寄ってきた彼に倣うように、他の兵たちもぞろぞろと集まってくる。

「どうか、将軍職に留《とど》まってください。僕……いや、私は、将軍の滑らかで素早い攻撃にすっかり見《み》惚《と》れてしまい、一歩も動けませんでした。あの無駄のない動き、あの尋常ではない速さ！　第一軍にはあんな軍人は一人もおりません。あのような卓越した技量を持った方が軍を去るなどもったいない……いいや、そのような損失、とても許せません！　ぜひ将軍を続けて、我々後進の育成とご指導をお願いいたします！」

間近まで詰め寄って熱弁され、俺は一歩後ずさった。

見渡してみれば、その青年だけでなく、俺が剣を奪った兵までが、どこかうっとりとした表情で、頬を紅潮させてこちらを見つめている。怖い。

「いや……育成と指導って……君は第一軍所属だろう？」

「将軍が残ってくださるなら、第六軍に転属願を出します」

「そんな無茶な」

「もともと自分は、家柄重視の第一軍には疑問を持っていたのです。軍人とは自らの身体を張り、腕を磨いて、国と民を守るものではないですか！　しかるにこの現状の、なんと情けないことか。強いものにへつらい、弱いものを踏みにじり、家柄自慢と派閥争いばかりで、日々の訓練もおろそかになっている第一軍は、果たして軍人といえましょうか。ならば私はヴェルフ将軍のような方のもとで、軍人の誇りを持ち続けていたいと考えます」

「――軍人の誇り？」

俺の問いに、青年はかつんと踵《かかと》を鳴らしてまっすぐ立ち、こちらを見返した。

「民が穏やかな日常を過ごせること。普通の幸福を手に入れられること。誰もが当たり前のことを当たり前だと思える暮らしを送れるように、この国を守っていくのが、軍人としての誇りだと私は思っております」

「…………」

俺はしばらく黙って、偽りも衒《てら》いもないその顔を見つめた。

それから悄然《しょうぜん》として肩を落とし、ふー、と大きなため息をつく。

自分もかつては、この青年とまったく同じことを思っていた。軍人を志したのもそれが理由だった。いつの間にか、すっかり見失ってしまっていたが。

それを綺麗ごとだと放り出すのは容易だし、現実はそんなものではないと教えてやるのも、あるいは親切というものかもしれない。

でも、と思い、俺は苦い顔になる。

……でも、そんなことは、言えないよなあ。

ここにいるのは過去の自分で、未来の自分でもあるかもしれないのだから。

リーフェ嬢のおかげで夢と希望を持つというのがどういうことか思い出した俺が、こんなことを言われて、自分だけが降りたと逃げ出すわけにはいかない。

これまでに何人もの仲間を犠牲にし、守るべきものを守りきれなかった。

それをもう繰り返したくないのなら、責任を負う覚悟を持たなければいけないのだ。

青年と兵たちは、眩《まぶ》しいほどに明るい瞳でこちらをじっと見つめている。

俺はつくづく、こういう目をした人間に弱い。

「そうですとも、将軍にはまだこれから、たくさんやることが残っているんですから」

ヴィム氏が軽い口調で言って、何かをひらひらと振ってみせた。

あの紙……と思って、はっとする。

「それ――」

咄嗟に手を出したが、ヴィム氏はさっとそれを避《よ》けて、ニコニコした。

「さっき将軍、なんて仰《おっしゃ》いましたっけ。『後からすぐにお供します』でしたっけ？　もしかして、陛下を手にかけた後、自分も死ぬつもりだったとか？」

「…………」

「リーフェがそれを聞いたら、悲しむでしょうねえ。というか、激怒するでしょうねえ。将軍はご存じないかもしれませんが、あの妹は怒ると怖いし、結構執念深くて、根に持つタイプなんですよ」

「…………」

それはわりと、知っている。

「うむ。これは口頭ではなく、書面だからな。聞かなかった、覚えがない、では通らないな。私が王になったらこのくだらない法律はすぐにでも撤廃するつもりだが、即位が済んでいない今は、まだ有効ということに……」

王太子は首を捻って、白々しく考え深げな顔をしてそう言った。

「…………」

俺はリーフェ嬢の顔を思い浮かべ、額を手で押さえた。

彼女には言えない。

あなたの兄とこの国の新しい王は、主従揃って少々クズで大ウソつきです、なんて……

俺は王太子の前で片膝をつき、頭を下げた。

「――新王にお願い申し上げます。なにとぞ、私レオ・ヴェルフに、このまま、第六将軍の責を担わせていただきたく……」

その瞬間、周囲から歓声が上がった。いやそれはまずいだろう。まがりなりにも現王が逝去したばかりだぞ。

「手のかかる妹ですが、これからもよろしくお願いしますね、ヴェルフ将軍」

笑顔のヴィム氏が、手にしていた用紙を渡してくれた。

俺は一つため息をついてから、受け取った離婚承諾書をびりびりに破って捨てた。

それから起こった王城での大騒ぎをなんとか切り抜けて、俺が屋敷に帰り着いた時には、すでにとっぷりと日が暮れていた。

てっきり誰もおらず真っ暗だと思っていたその場所に、明かりが灯《とも》っていることに、まず驚いた。

俺はもうここに戻るつもりはなかったから、アリーダには、リーフェ嬢をメイネス家に戻した後は、おまえたちも逃げろと言い含めておいたはずだ。だからこれからどうやってリーフェ嬢を迎えに行き、アリーダとロベルトを呼び戻すかな、と思案していたくらいだったのに。

いささか焦って玄関の扉を開けると、ホールには、その三人が雁首《がんくび》揃えて待ち構えていたものだから、また仰天した。しかも三人はそれぞれ、手に何か変なものを持ち、今にもこちらに飛びかかってきそうな形相をして蒼白になっている。

アリーダは箒《ほうき》、ロベルトは延し棒、リーフェ嬢に至っては、どういうわけかフライパンだ。

「……レオさま！」

アリーダとロベルトを庇《かば》うように最前列に立ちはだかっていたリーフェ嬢が、こぼれんばかりに大きく目を瞠《みは》り、真っ先に名を叫んだ。

持っていたフライパンを放り出して、勢いよく駆けてくる。

飛び込むように抱きついてきたその細い身体を受け止めて、背中に腕を廻した。

「リー……」

「レオさま、レオさま！　ご無事だったのですね！」

うわあんと声を上げて、リーフェ嬢が泣き出した。

それと同時に、アリーダとロベルトが、糸が切れたようにへなへなとその場に崩れ落ちてしゃがみ込んだ。

「リーフェ殿、これは一体……メイネス家に戻らなかったんですか」

「わたくし、いやだと申しました！　レオさまが帰ってくるのを、絶対にここでお待ちすると！」

胸の中で泣きじゃくる彼女の背をぽんぽんと叩《たた》きながら、俺は顔を上げてアリーダとロベルトのほうを見た。

二人して俺を見返し、「無理無理無理無理」というように手を振っている。疲れきった顔つきに、彼らの苦労がしのばれた。

そうか、どれだけ説得してもリーフェ嬢が頑として動かなかったから、二人もここに残って、精一杯彼女を守ってくれようとしたのか……

リーフェ嬢はぐしゅぐしゅ鼻を鳴らしながら、涙をごしごしと拭った。

「もしも王城から迎えが来たら、やっつけてやるつもりだったのです」

「フライパンで？」

「お鍋のほうがよろしかったでしょうか」

「無茶なことを……」

本当に俺がラドバウト王の首を刎《は》ねていたらと思うと、ぞっとする。

いくら書類上では他人になっていても、この屋敷に残っていたら、リーフェ嬢も捕らわれていたかもしれないのだ。

早まったことをしなくてよかった、としみじみ思った。

……自分の決断が、決して最良の道だと思っていたわけではない。

ただ、あの時はどうしても、他の方法が思いつかなかった。

でもやっぱり、俺が選んだのは、あちこちに綻びが生じる歪《いびつ》なものだったのだろう。

マースが怒るのも当然だ。そんな「守り方」はきっと、間違っている。

俺は今まで何をしていたんだ。末端だからと諦めている場合ではなかったのに。

もっとちゃんとした強さと力を身につけないと、正解は永遠に手に入らない。

「あなたに何かあったら取り返しのつかないところだった。こういう時は、屋敷のことなんていいから、まず自分の身を守ることを念頭に……」

「いいえ、ダメです」

リーフェ嬢はきっとして顔を上げた。頬にたくさん涙の跡が残っているのが痛々しい。気づけば、彼女の身体はずっと小刻みに震え続けていた。

怖かっただろうに。

それでも、俺が戻るのを待っていたのか。

「だって、このお屋敷も、アリーダもロベルトもみんな含めて、レオさまの『帰る場所』なんですもの。妻のわたくしがそれを死守しないでどうします。――レオさまは、必ずここにお帰りになると、信じておりました」

俺は口を閉じ、自分の腕の中にいるその人を見つめ直した。胸の奥のほうから、じわりと熱いものが込み上げてくる。

――うん、本当に。

俺が帰るのは、ここだけ。

だから守るんだ。

それは簡単なようで、ひどく難しいことかもしれないけれど。

背中に廻した手に力を込めて、強く抱きしめる。小さな頭に自分の頬を寄せた。

「……流れている血がどんなものであろうと、あなたは俺にとって、なにより貴重な宝物です」

リーフェ嬢がぎゅっと俺の腕を掴み、目に涙を溜《た》めたまま、眉を上げた顔でこちらを睨《にら》んだ。

「……申し上げておきますけど、わたくし、怒っておりますのよ、レオさま」

「すみません」

「わたくしをメイネスの家にお戻しになるつもりだったのでしょう。一緒に逃げましょうって、言ったくせに。朝だって、黙って出ておいきになって」

「申し訳ない」

「わたくし、何がなんでもここに居座ってやるつもりだって、最初の時にちゃんとそう言いました。レオさまが浮気をしても、何人も愛人を作っても、絶対戦おうって決めておりましたのに」

「そんなことはしません」

「ウソつきは、兄だけで十分です」

「誓って、もう二度と嘘はつきません。今回のお詫《わ》びに、何か贈り物をさせてください」

「どうせまた、食べ物で釣ろうとなさっているのでしょう」

「ケーキと豚とゼリーのどれにします？」

「なぜその三択なのですか」

不服そうな声に被さるように、ぐきゅるるる、と腹の鳴る音が聞こえた。

リーフェ嬢が赤くなる。俺はぷっと噴き出した。どうやら今まで、何も食べずにいたらしい。いや、それを言うなら、俺もか。

彼女にとっても、俺にとっても、今日は大変な一日だったのだ。

顔を上げると、いつの間にか、アリーダもロベルトもそこからいなくなっていた。気を利かせたのかもしれないが、今頃はきっと厨房《ちゅうぼう》で、何か食べるものをせっせとこしらえてくれているだろう。

これから四人で一緒に食卓を囲もう。

今日の糧と、明日も訪れる平穏と、愛《いと》しい人たちがいる幸福に感謝して。

この奇跡のような日常を続けていくために。

「……ただいま」

そう言って、俺はリーフェ嬢に優しく口づけた。

エピローグ

悪名高かったラドバウト王が崩御し、新たにアルデルト王太子がノーウェル国君主として即位してから、半年が経過した。

前王の急死後、しばらくはバタバタしていた王城内も、ようやく落ち着きを見せはじめた。現在は近々行われる即位後の祝賀パレードの準備で、誰もが多忙を極めているところである。

もちろん、第六軍もその例外ではなかった。

「……つっても、パレードで新王の周りを囲むように行進して、市民からの声援を受けるなんて派手なところは、みーんな第一軍が掻《か》っ攫《さら》っていっちまうんだけどなあ」

俺と並んで王城の廊下を歩き、パレード警備の予定表を見ながら、マースはぼやくように言った。

「陛下の護衛じゃなくても、巡回や警戒だって重要な任務だろ。別にいいじゃないか、そんなことは」

「へいへい」

俺の言葉に、不満そうに口を尖《とが》らせる。

「もう一度、きちんと装備を点検しておくように、全員に通達しておいてくれ。それから当日は――」

手元の用紙を指しながら確認事項を並べていると、背後から、「第六将軍！」と怒鳴るように声をかけられた。

後ろを振り返れば、顔を赤くした第一将軍が眦《まなじり》を吊《つ》り上げて、大股でこちらに近づいてくる。

もういいトシなのに、そんなに興奮して大丈夫か、と内心で思いながら、俺はマースと共に姿勢を正した。

「第六将軍、陛下をお見かけしなかったか！」

鼻の下に立派な白髭《しらひげ》をたくわえた第一将軍は、憤懣《ふんまん》やるかたないというように唾を飛ばしながら叫んだ。

ものを訊《たず》ねるというよりは叱責するような勢いだったが、別に俺たちに対して怒っているわけではないらしい。彼の腹立ちの矛先は別のところにある。

「いえ、今日はお見かけしておりませんが」

俺がそう答えると、第一将軍はますます鼻息を荒くした。そのたび白髭が左右に広がるのが可笑《おか》しいので、そちらはあまり見ないようにする。

「どこに行かれたか知らぬか！」

「存じ上げません。陛下のご予定なら、護衛を担当する第一軍が把握していると思いますが」

俺は普通に返事をしたつもりだが、相手によっては皮肉に聞こえたかもしれない。マースは笑いを噛《か》み殺し、第一将軍の顔はさらに赤くなった。

「その護衛がお姿を見失ったから聞いている！」

「ああ……」

第一将軍の言葉に、俺は曖昧な声を出した。

また護衛を撒《ま》いて、どこか人目につかない場所で、ヴィム氏や「本当の」側近たちと悪だくみ……いや違った、今後の予定などを話し合っているんだな。

とは思ったが、それは言う必要のないことなので黙っておく。

「いつもいつもフラフラと……まったくこれだから愚鈍王は」

第一将軍は忌々《いまいま》しそうに吐き捨てた。前王の時もいつも文句ばかり言っていた御仁だが、代替わりしたところでそれは変わらないらしい。誰であれ、この自分が振り回される、ということが屈辱なのだろう。

「第一将軍、その呼称はせめて、ご自分の執務室の中で呟《つぶや》かれるだけにしておいたほうがいいですよ。十分に不敬です」

「ふん、本当のことを言って何が悪い。暗愚の次は愚鈍。この国は本当に君主に恵まれておらん」

別に聞かれたところで、あの王に何ができるものか、という侮りがあるんだろうなあ、と少し気の毒に思う。表に出すか出さないかという違いはあれど、新しい王のおどおどした姿に不安を覚えている者、そして不満を抱く者は多い。

実態のほうを知っていると、あの演技にはちょっと引いてしまうくらいなのだが。

——きっとこの第一将軍も、パレードの時には驚天動地の心地を味わうことになるだろう。

その時に新王が市民の前で見せる姿は、今まで彼が見て知っていると思っていたのとはまったく違う、才気溢《あふ》れる威風堂々としたものであるはずだからだ。

民はきっと、その怜悧《れいり》な相貌、穏やかだが気品のある振る舞いに感銘を受け、これからの期待を込めて年若い王を歓迎するに違いない。

今までの悪政によって苦しめられた心を慰め、笑顔で歓声を上げる彼らを、俺も早く見たいと思っている。

それこそが、俺たち軍人にとっても、希望の光になるだろう。

「陛下の周りにいるのも、揃《そろ》いも揃って家格も序列も軽んじる輩《やから》ばかり。わしなどは『顔が怖い』と怯《おび》えられ遠ざけられる始末……いいや、とにかく、今は陛下をお探しすることだ！　第六軍も手伝え！　拠点から暇そうなやつらを呼びつけろ！」

俺は慇懃《いんぎん》無礼にお断りした。

「お言葉ですが、王族の護衛は第一軍の管轄です。それに第六軍に『暇なやつ』などは一人として存在しておりません」

そうしたら、いきなり胸倉を掴《つか》まれた。

隣のマースが気色ばんで何かを言いかけたが、俺は片手を上げてそれを抑え、第一将軍を見返した。

「第六軍が最近賑《にぎ》わっているからといって、調子に乗るなよ、若造めが……！　平民の混じった使い捨ての軍など、我らがその気になれば、おまえともども、いつだって潰せるということを忘れるな！」

顔をすぐ間近まで寄せ、恫喝《どうかつ》の言葉を出されたが、もちろんそんなものを怖いとは思わなかった。

この人は依然として、ラドバウト王が作り出した因習に捉われたままになっている。時代の潮目を感じ取れず、自らが変わるつもりもなく、周囲に悪影響を及ぼすだけなら、もはやそれは老害と呼ぶしかない。

俺は小さく息をついて、自分の胸倉を掴む軍人にしては筋肉の乏しい腕を取った。

そのまま、ぐぐぐと力ずくで引き剥がす。第一将軍の目が大きく見開かれたが、身体《からだ》を鍛えるという努力も放棄した年寄りが、それに抗《あらが》えるはずもなかった。

「――その言葉は、聞き捨てなりませんね」

「な、なん」

「第六軍を潰すと？　でしたらこちらも、容赦なく全力でやり返すまでです。俺も将として、いつだって受けて立ちますよ。……その覚悟がないのなら、余計なことは仰《おっしゃ》らないことだ」

今度はこちらから顔を近づけ、視線に威嚇を込めて囁《ささや》くように低い声で返すと、第一将軍の顔から血の気が引いた。

「では、失礼します」

ぱっと手を離して、挨拶をする。

踵《きびす》を返して歩き出したが、後ろからはもうそれ以上声がかかることはなかった。

「……いいのか？　レオ」

隣を歩くマースが顔を覗《のぞ》き込んできた。いつもなら俺よりこの男のほうがよほど頭に血が上りやすいのだが、今はそれよりも心配のほうが大きいらしい。

「第一将軍を敵に回すと後が厄介だぞ」

「まあ、大丈夫だろ。……そろそろあの人も、引退の頃合いだしな」

「え、そうなのか？　そんな話、聞いてないけど」

正確には、「引退させられる予定」といったところか。

アルデルト王は、家柄だけで能力に拘《かか》わらず役職が決まってしまう第一将軍家も、廃止する意向であるという。

「今度のパレードが終わったら、たぶんいろいろ忙しくなるぞ、マース」

「いや今だって忙しいよ。何かあるのか？　大きな予定でもあったっけ」

「大がかりな人事異動がありそうなんだ」

「へえ」

「これからは国防に力を入れるそうだから、軍の体系も少し変わるかもしれない」

「……なあ、おまえ、それ、どこからの情報だ？」

訝《いぶか》しげな顔をされたが、俺はそれには答えずにマースのほうを向いた。

「第六軍のほうはどうだ？　新しく入ったやつらはちゃんとやってるか？」

最近になって、第六軍は急激に人が増えた。若い連中が、どっと入隊希望を出してきたのである。

その中には第一軍から転属してきた者や、高位の貴族なども入っていたりして、マースらを大いに驚かせたらしい。

「ああ、張りきってるよ。うちは品行方正とは程遠いやつらばっかりだから、はじめはあの空気に馴《な》染《じ》めるのか不安だったけど、なんとかやってるようだ。平民の隊員とも距離を縮めようと努力してる。青臭いことばかり言うやつが多くて結構うんざりしたけど、あれはあれで、周りにもいい影響を与えてるのかもしれん」

「それはよかった」

俺はホッとした。よく判《わか》らないが、あいつらの入隊には、俺にも責任があるらしいからな。

「明日にでも、拠点に様子を見に行くよ」

「そりゃいい、みんな喜ぶ。ついでにこっそり訓練に混じったらどうだ？　おまえもそろそろ身体がなまってきてるだろ」

「ああ、それは名案だ」

笑いながら返すと、マースが嬉《うれ》しそうに目を細めた。

「おまえが楽しく将軍をやっているようでよかった。以前は本当に、押しつけられてしょうがなく、って感じだったからなあ」

「うん、そうだな」

それは認めて、少し苦笑した。

もともとは押しつけられた将軍職だが、俺はそれを一度ラドバウト王に返上した。だから今の「第六将軍」の名は、自分の意志で、自ら求めて手にしたものだ。

だったらとことんやるまでさ。末端は末端で悪くない。いや、もうすでにかなり中枢に関わってしまっている気もするのだが。

「――今度こそ、ちゃんと守り抜けるといいな、マース」

ぽつりと呟くと、マースが「なんだよ、おまえまで青臭いこと言いやがって」とからかうように言って、それでも満更でもなさそうに笑み崩れた。


「おかえりなさいませ、レオさま！」

屋敷に帰ると、いつものように妻が笑顔で出迎えてくれたが、とたとたと軽い足取りで小走りになっていたので、俺は渋い顔になった。

「リーフェ、走ってはダメだと、あれほど……」

「だって早く報告しないとと思って！　あのねレオさま、今日、マルリースが……」

「その話は後で聞きますから。今日も一日、何事もありませんでしたか。体調は？」

「問題ございません。今日もたくさん食べました！」

「悪阻《つわり》が治まってなによりでしたね。でも、食べすぎるのもどうかな……あまり余分な肉をつけると、それはそれで産む時に大変だと医者が……」

「だって、二人分ですもの！」

首を傾《かし》げてぶつぶつ言う俺に、リーフェはきっぱりと主張した。

妊娠してからというもの、悪阻の時を除いて、彼女の食欲は増加の一途を辿《たど》っている。「お腹《なか》の子が食べさせてと訴えている」とリーフェは言うのだが、それが本当だとしたら、腹の子も相当な食いしん坊になりそうだ。

「それでね、マルリースが……レオさま、聞いてらっしゃいます？」

ちなみにマルリースは腹の子ではなく、豚の名前である。半年前の件で、謝罪のために俺がリーフェに買い与えた子豚だ。今はもうすっかり大きくなった。

早くまるまる肥《ふと》って大きくなあれ、とうっとりしながら餌をやっていたリーフェも最初のうちは食べる気満々だったようだが、せっせと世話をしているうちに情が移ってしまい、現在は家族の一員となっている。

まあ、生まれてくる子のいい遊び相手になるだろう。

「はいはい、もちろん聞いてますよ。マルリースがどうしました？」

返事をし、また走り出さないよう注意しながら、彼女を伴って着替えに向かう。

厨房《ちゅうぼう》のほうからは、ロベルトが用意してくれる夕食のいい匂いが漂ってきていた。食堂からは、アリーダが食器を揃えているのであろうカチャカチャという音がする。

いつもの日常の風景だ。

「マルリースが今日、わたくしのお腹に鼻を押し当てて、プギッと小さく鳴いたのです。それでわたくし確信いたしました。お腹の子は女の子に違いありませんわ、レオさま」

「すみません、ちょっと話が飛躍しすぎていて理解が追いつかないんですが」

「だってマルリースは殿方が嫌いですもの。わたくしやアリーダには愛想がよくて可愛《かわい》らしく懐くのに、レオさまのことは敵視して、お顔を見るたびにキーキー怒って騒ぐでしょう？」

「……まあ、そうですね」

それは俺が、あの豚を見るたび腹の中で「丸焼きにしたら旨《うま》いのかな」と思うからではないか、という気がするのだが、それは黙っておく。

「ロベルトにも怒るのです」

そりゃ料理人だから、食材を見る目になるのは致し方ない。

「先日訪ねてきた兄にも、同じように怒っておりました」

さてはあの人も、同じことを考えていたな。

「ですからマルリースが怒らないということは、この子は女の子なのです！　そのことを早くレオさまにお伝えしないといけないと思って」

リーフェは胸を張ってそう言ってから、はっと気づいたように口に手を当てた。

「……でも、あの、レオさまはもしかしたら、それはまだ知りたくはないことだったでしょうか。生まれた時のお楽しみにしておきたかったですか？」

「いや……」

そもそも、豚が怒らなかったというだけで女の子だと決めつけるところに根本的な問題があるのだが、あまりにもリーフェが真面目に「悪いことをした」という顔をしているので、口には出せなかった。

ふっと笑って、健康的に色づき、ふくよかにもなってきた頬を、ちょんと指で突っつく。

「男でも女でも、無事に生まれてくれたらいいんですよ。女の子だったら、そうだな、あなたに似ていると、なお嬉しいです」

「あら、わたくしはレオさまに似ていると嬉しいですわ」

リーフェはそう言って、俺がいちばん好きな笑顔になった。

「あのね、レオさま」

「はい」

「男の子でも女の子でも、わたくし、この子は自由に伸び伸びと育てたいと思います。レオさまがわたくしを呪縛から自由にしてくださったように。その身に流れているのは、イアルの血ではなく、わたくしとレオさま、二人の血ですもの。血筋ではなくて、自分の生き方に誇りを持ってほしいと思うのです」

「――そうですね」

俺は微笑《ほほえ》んで、妻の頭に手を置き、ふわりと撫《な》でた。

「レオさまは、子どもに何を伝えたいとお考えですか？」

「俺ですか？　そうだな……」

元気に育ってくれればそれでいいと思ってはいるが、親として子に伝えたいことといえば……

「……押しつけられたものの中には、時としてとんでもなく希少な宝が入っていることもあるから、それを見つけたなら、決して手離さないようにしなさい、ってことですかね」

俺はそう言って笑った。

――きっとそれだけで、人生は鮮やかな色彩をまとうことだろうから。

番外編　王の結婚

【ヴェルフ将軍の助言、あるいは惚気】

「縁談、ですか」

目を瞬《またた》いて俺が訊《たず》ねると、アルデルト王は「ふん」なのか「うん」なのか、どちらとも判別つけがたい声で答えて頷《うなず》いた。

「それはまた……ずいぶん急なお話で」

少しばかり困惑しながらそう返事をして、いやこの言い方も何かおかしいな、と首を傾《かし》げた。

アルデルト王は現在二十五歳。王族であればもうとっくに伴侶を得ているか、それでなくともすでに決まった婚約者がいるはずの年齢である。

妻どころか婚約者も、その候補となる女性さえ存在していないという、今の状況こそが異常なことなのだ。

「ヴェルフ将軍もそう思うだろう。まったくこの忙しい時に何が縁談だ、迷惑極まりない。なあ?」

ここはまず臣下として「おめでとうございます」という言葉を出すのが適切だったかと考える俺の内心を吹っ飛ばすように、王は憤然と鼻息を吐き、椅子から身を乗り出して同意を求めてきた。ますます返答に迷う。

「しかし実際、避けては通れない問題でもありますし」

「それにしたって、まだ先王が死んで三月も経《た》っておらんのだぞ。しかも死に方が死に方だっただけに、王城中どこもかしこもバタバタと浮足立っている状態だ。将軍も今は休む間もないほどあちこちを駆けずり回っているのだろう」

　まるで他人事《ひとごと》のような顔をしているが、前君主ラドバウト王の急死には、ここにいるアルデルト王も深く関わっている。

　しかし、臣下だからという理由だけでなく、その件には口出しできない立場の俺も、素知らぬ振りで「おいたわしいことですね」という沈痛な表情を作ってみせるしかない。

　ここはアルデルト王と第六将軍の俺、そして王の近侍であるヴィム氏という、いわば「関係者」だけの内輪の場とはいえ、この王城内にはどこに誰の目や耳があるか判《わか》らないからだ。

「いろいろと雑務に追われておりまして、余分なことに費やす時間が取れません」

「そうだろうとも」

「ですから陛下、この書類に早くサインを」

「私だって即位して間もないのだぞ。この多忙な時期に結婚を勧めてくるとは、相手の神経を疑ってしまうよな。そう思わんか」

「…………」

　はー、と大きなため息をついて、俺はアルデルト王に向けて差し出していた書類の束を下ろした。

　王がさらっとサインをしてくれればこの仕事はあっという間に片付くのだが、逆に言えばサインを貰《もら》えなければ永遠に終わらない、ということである。アルデルト王はどうしてもこの愚痴を俺に聞かせなければ気が済まないようだし、ここは諦めて大人しく拝聴するしかないと腹を括《くく》った。

俺だって、今日こそは早めに帰宅したいのだ。最近は忙しすぎて、リーフェとゆっくり話をする時間もない。

「このタイミングでいらしたご自分の不運を恨むしかありませんよ、将軍。陛下はずっとこの件で誰かに鬱憤をぶつけたくてしょうがなかったんですから」

アルデルト王が座る椅子の傍らに立つヴィム氏が、慰めるというよりは面白がるような口調でそう言った。最愛の妻と似た面差しをしている義理の兄だが、こちらのニコニコ顔はちっとも俺に安寧をもたらさない。

「そのとおりだ。なにしろ私はまだ表では愚鈍の面を被《かぶ》っているからな。こうして本音を晒《さら》せる相手はごく限られているのだよ」

「数は少なくても、陛下には信の置ける側近の方々がいらっしゃるでしょう」

「あいつらもやることに追われていて、私の話をあまり聞いてくれん」

「私も先程、同じことを申し上げました」

「その縁談の相手というのがな、将軍」

アルデルト王は「あまり」どころか「まったく」俺の話を聞く気がないらしかった。側《そば》に召される頻度が高いということで、王城内には「第六将軍が王に取り入った」と陰口を叩《たた》く輩《やから》が多くいるそうだが、実態は大体いつもこんな感じである。

仕方なく、はいはいと相槌《あいづち》を打ち、王の話に耳を傾ける。

聞けば、縁談相手は隣国の王女であるという。

暴虐で悪辣な性質だった先王の治世時、このノーウェル国は周辺国との関係も決して良くはなかった。隣国は大国というわけではないが、王女を迎えて友好を結べるというのなら、悪い話ではない。

「おめでとうございます、陛下」

「待て、話をとっとと終わらせようとしているな？　将軍が考えるほど、この話は良いものではないぞ。『暗愚』とされていた先王が死に、『愚鈍』と称される王太子が即位した途端、持ち込まれた縁談だ。あちらは花嫁という刺客を私のもとに送り込み、機会さえあれば寝首をかいて、このノーウェル国を併呑《へいどん》しようという腹積もりに決まっている」

「緊張感溢《あふ》れる新婚生活になりそうですねえ」

楽しそうに言うヴィム氏を、アルデルト王は忌々《いまいま》しげに見やった。

「では、お断りしたら」

「それができたら、とっくに断っている。先王のおかげで隣国とは今、微妙な関係だからな。なるべくあちらを刺激するようなことはしたくない。それに、隣国と手を結んだと思わせれば、他国への牽《けん》制《せい》になるというのも間違いではないしな」

だったら、結論は一つだ。時間稼ぎくらいはできるにしろ、いずれアルデルト王はこの話を受けるしかない。つまり隣国の思惑に乗らねばならないわけで、だからこその愚痴なのだろう。

「今から国内の令嬢をどなたか見繕って、内々に婚約が決まっていたので受けられない、ということにしてはいかがですか。陛下のお年でしたら普通のことでしょう。というより、これまでどこからもそういうお話はなかったのですか」

「あるにはあったが……」

アルデルト王は苦々しい表情になった。

「王太子の婚約者にという打診をすると、どの女性も急に原因不明の病気にかかったり、領地に引きこもったり、他国に行ってしまったりするそうでな」

「ははあ……」

上流貴族の間では、王太子の「愚鈍」は有名だったらしい。自分の身を守るためとはいえ、アルデルト王も少々やりすぎていたのではないか。

「そもそも、先王がその話に積極的ではなかった。見かねた家臣が無理やり話をまとめようとすると、何かと難癖をつけて潰していたということだ。私が結婚して、優秀な子が生まれてしまったら、その子を掲げて反旗を翻す動きが出ないとも限らない。自分にとっての脅威になりかねないと思ったのだろうな」

ラドバウト王は、自分が好き勝手できる治世が長く続けば、その後のことは真実どうでもいいと思っていたのだ。

後継者が得られず王朝が絶えても、混乱が起こっても、民が困窮しても、国が滅びても。

あれだけたくさんの愛人がいたのに、残った子どもが唯一アルデルト王だけという事実についても、嫌な想像をしようと思えばいくらでもできる。

俺は改めて思う。

――アルデルト王の決断は、間違ってはいなかった。

「私はまだしばらく愚鈍王のままでいるつもりだから、その策に乗ってくれるような女性を見つけるのは困難だろうな」

先王が亡くなっても、家臣の前にあまり姿を現さない弱気で臆病で幼子のような君主を演じ続けているのは、反乱分子になりそうな者を今のうちになるべく多く炙《あぶ》り出すためであるらしい。

現在のアルデルト王に対して、忠言も叱責もせずに、やたらと持ち上げたりおもねったりしてくるような人間は、あわよくば王を傀儡《かいらい》として操ろうという下心や欲望がよく見える、という。

「独身を通していたばかりに、自分の意志とは関わりなく、妻になる女性を強引に押しつけられることになるわけですか……」

ぼそりと呟《つぶや》いて、しみじみした。

――俺も少し前、これとまったく同じことを言われて、マースに不憫《ふびん》がられていたたっけなあ。

たぶん、あの時の俺も、今目の前にいるアルデルト王と同じ顔をしていたのだろう。断れないと承知してはいても、生涯の伴侶のことだ、簡単に呑《の》み下せるものではない。わかる。

「まあ半分は自業自得なので、こうなったら潔く、隣国の王女をお迎えするしかありませんよ」

ニコニコしているのは変わらないが、先程までの面白がるようなものよりもずっと柔らかくなった口調で、ヴィム氏が言った。

アルデルト王が唇を曲げてそちらを見る。

「人のことだと思って……おまえも独り身なのだから、いずれ私と同じ目に遭うぞ」

「没落した貴族の家に嫁いでくれる人なら、僕は大歓迎ですよ。実家がお金持ちなら、なおいいです」

後半の台詞《せりふ》が余計だ。

「それに僕は、あまり女性には不自由したことがないんです」

陛下と違って、とおそらく内心で付け加えられただろう言葉が聞こえたかのように、アルデルト王は小さく舌打ちした。この主従は、時々友人同士のようにも見える。実際、そういう側面もあるのかもしれないが。

ヴィム氏は俺を向いてにっこりした。

「ほら、なにしろ僕って、いかにも儚《はかな》げな容姿をしているでしょう？」

「はあ……儚げ」

俺も最初、リーフェに対してそう思った。イアルの血筋の特徴なのか、それともあまり栄養状態のよくない環境で育ったためか、この兄妹《きょうだい》は確かにほっそりとして頼りなげだ。外見だけは。

「憂いを帯びた顔で窓の外を眺めていたりすると、女性のほうからわらわら寄ってくるんですよね。彼女たちの庇護《ひご》欲をそそるんでしょうかねえ」

「庇護欲……」

その憂い顔で考えているのは、どうせ食べ物のことなのだろうになあ。

「なにしろ我が家は貧しいので、ほんのちょっと悲しげに苦境を訴えれば、慈愛溢れる女性たちが洋服とか装飾品とか美味《おい》しいものとかを競うようにして善意で贈ってくれるのです。僕はそれをいつも、ありがたく受け取るようにしています。あちらは人助けができて気分が良くなり、僕の懐も温まる。双方満足でめでたいことだと思いませんか」

「……善意」

クズの言い分にしか聞こえないのは、俺の気のせいか。

「オウムになっている場合ではないぞ、ヴェルフ将軍。女心を利用するヴィムが人妻や若い娘に背中からナイフで刺されても大した問題ではないが、この国の王たる私が自分の妻に刺されては笑い話にもならん、ということなのだ」

俺は少し黙って考えた。もちろんそれが笑い話でないことは理解している。

なにより、アルデルト王は、このノーウェル国にとってなくてはならない人物だ。

「――では、どうされますか、陛下」

俺は改めて姿勢を正し、まっすぐアルデルト王に視線を向けた。

表情も声も一変して真面目なものになった俺を見て、王は一瞬渋い顔になったが、すぐさまそれを消し去って、こちらも真顔で俺を見返した。

長い間、仮面の下で研いでいた牙は鋭い。アルデルト王も、するべきことはもうとっくに判っているはずだ。

「ヴィム、隣国に使者を出し、現在は多忙のためその話を進めるのはパレードの後にするよう、あちらの王に伝えよ。ヴェルフ将軍はそれまでの間に、第六軍を使って秘密裏に隣国の情報を集められるだけ集めよ。貴族平民問わず、使えるものはなんでも使え。ことによっては、軍の体系を大幅に変えるという計画を早めねばならん。いいか、これはまだ極秘事項だぞ、二人とも慎重に動け」

「御意」

厳しい声で出された命令に、俺とヴィム氏は揃《そろ》って返事をし、頭を下げた。

アルデルト王は口を閉じてから、少し憂鬱そうに短い息を吐き出した。


久しぶりに夕食の時間に間に合った俺を出迎え、リーフェは大喜びした。

「すみません。最近ずっと一人で食事をさせてしまって」

「いいえ、レオさまがお忙しかったのは、よく判っておりますもの。それに朝食は必ずご一緒にしてくれましたし」

それでも、にこにこと今にも笑み崩れんばかりの彼女の表情は、これまで寂しい思いをさせていたことをなにより雄弁に語っているように思える。アリーダとロベルト、それに豚のマルリースが話し相手になってくれるといっても、やっぱりそれだけでは埋められないものがあるのだろう。

こうして彼女と食卓を囲むと、いつもの場所に戻ってこられたようで、俺もホッとする。

リーフェは食事をしながら、最近あった出来事を次から次へと楽しそうに話していたが、ふと気づいたように手と口を止め、心配そうに俺の顔を覗《のぞ》き込んできた。

「わたくし、つい調子に乗ってお喋《しゃべ》りしてしまって……レオさま、このところの激務で、お疲れなのではありませんか？　今日は早くお休みになったほうが」

「いや、そんなことはありませんよ。そうだな……隊長時代とは別の種類の疲労感は確かにありますが」

「でしたら、やっぱり」

「でもね」

少し慌てるリーフェの言葉を遮り、微笑《ほほえ》む。

「あなたが笑って、いろいろと話をしてくれるのを聞いていると安らかな気持ちになって、その疲れも吹っ飛びます。最近はリーフェが元気よく食べる姿があまり見られなくて、俺も寂しかったんですよ」

リーフェは「まあ」と小さく呟き、頬を赤く染めて俯《うつむ》いた。その顔を見たら俺も少し恥ずかしくなってきて、あらぬ方向に目を逸《そ》らした。

束《つか》の間《ま》落ちる静寂がなんともいたたまれず、急いで話題を探す。

「その、今さらなんですけど」

咄嗟《とっさ》にそれが口をついて出てきたのは、昼間から自分の頭の片隅にずっと残っていたからだろう。

「――リーフェは、俺との結婚話が出た時、不安ではありませんでしたか」

その問いに、リーフェはきょとんとして顔を上げた。いきなり出された話が半年も前のことで、驚いたらしい。

「いや、ちょっとその、知り合いに縁談が舞い込みましてね。そのお相手が今までにまったく面識のない女性ということで、戸惑っているようだったもので」

　まさかアルデルト王の名を出せるわけがないので、適当に濁しておく。

「一度も顔を見たこともなく、どんな性格なのかもまるで判らない相手と結婚し、同じ家で暮らして、これから一生を共にしていかなければならないわけです。貴族の間では別に珍しいことではありませんが、不安や懸念があって当然です。ましてや俺たちの場合、少々特殊な事情もありましたし……話が来てから、あれこれ悩んだり、つらい思いもしたんじゃありませんか」

　あらゆる意味で俺の想像を超えた言動をする花嫁だったのでつい忘れそうになるが、リーフェはほとんど世間を知らない、正真正銘の箱入り娘だったのである。

　見たことのない男との結婚を唐突に決められた時には、きっと胸が潰れるような思いをしただろう。

「それはもちろん、不安はございました」

　リーフェはあっさりと認めた。

「ヴェルフ将軍というのはどのようなお方なのか、あれこれ空想してドキドキしておりました。怒ったようなお顔をされているのか、短気な方なのか、それとものんびりした方なのか、お身体《からだ》は大きいのか、お髭《ひげ》はあるのか、どんな声で何を話されるのか」

　流れるようにそう言ってから、何が可笑《おか》しいのかくすくす笑う。

「でも、いちばん不安で、いちばん怖かったのは」

　リーフェの目は一直線にこちらに向けられている。

「……もしもヴェルフ将軍が、わたくしを『イアルの娘』としか思わなかったらどうしよう、ということでした」

俺はちょっと言葉に詰まった。

「――それは」

「家族以外でどなたかとお会いする時、その方たちは皆、わたくしのことを『イアルの姫』とお呼びになっていました。その呼び名を聞くと両親は嬉《うれ》しそうにしていましたけれど、わたくしはちっとも嬉しくなんてございませんでしたわ。むしろ、ゾッとするほど忌まわしく思えてなりませんでした。『イアルの姫』と呼ぶ方の目には、すぐ前にいるわたくしではなく、何か別のものが映っているようで。……ですから」

リーフェがはにかむように唇を綻ばせる。

「結婚してはじめての夜、レオさまがちゃんとわたくしの名前で呼んでくださって、とても安心したのです。この方はわたくしを一人の個人として見てくださるのだって」

「……そうですか」

自分の名を呼ばれる。そんなごく当たり前のことで安心を得られるのだとしたら、それまでの彼女は一体どれほど自分というものを抑圧されて過ごしていたのだろう。

メイネス家では、口を開けて笑うのも、楽しくお喋りをするのも、娘らしく華やかなものに憧れるのも、自身の意見をはっきり述べるのも、すべて「イアルの名に相応《ふさわ》しくない」と禁止されていたという。

「あのね、レオさま」

少し暗い表情になってしまった俺の手に、そっと自分の手を重ねて、リーフェはにっこりと笑った。

「そういうわけで、不安はもちろんありましたけれど、同時に、楽しみでもありました。ヴェルフ将軍とはどのような方だろうといろいろ想像して、兄からも話を聞いて、そわそわと胸をときめかせて、まるでお会いする前から恋をしているような気持ちでした。実際にお会いしたら、レオさまは想像よりもずっと素敵な方で、わたくし、自分はなんて幸運なのだろうと思いました。顔も見たことのない方と夫婦になるというのは確かに大変なことも多いのでしょうけれど、悪いことだけではないのではありませんか？　知らないことばかりだというのなら、これからいくらでも知る喜びが待っているということですもの」

「……ええ、そうですね。本当に」

俺もリーフェの手を握り返して、頷いた。

出会えたことが「奇跡のような幸運だった」と思っているのが俺だけではないとしたら、こんなに嬉しいことはない。

「お知り合いの方も、奥さまになられる方と幸せになる道を進んでいければよろしいですね」

にこにこしながらそう言われ、ん？　と首を傾げてから、思い出した。

そういえばそもそもアルデルト王の結婚を念頭に切り出した話なのだった。妻の愛らしさに気を取られて、すっかり忘れていた。

「そうですね。未来はどうなるか誰にも判りませんから……あれ」

そこで今さらのように気づいて、目を瞬く。

食事をはじめてからもう大分時間が経つというのに、リーフェの皿はどれもあまり手をつけられていなかった。いつもなら、もうとっくに空になっていてもおかしくないくらいなのに。

「どうしました？　もしかして、気分でも悪いとか」

だとしたら呑気《のんき》にお喋りしている場合ではない。慌てて席を立とうとしたのを押し留めるように、リーフェが俺の腕に自分の手を置いた。

「お気になさらないで。ちょっとこのところ、食欲がないだけなのです」

「大変じゃないですか」

俺はますます血相を変えた。リーフェに食欲がないとは、一大事である。このところということは、不調は今日だけの話ではないのか。忙しいからと、そんなことにも目の届いていなかった自分を殴ってやりたくなった。

「すぐに医者を。いや、もう診てもらいましたか。まだだったら今から呼んできます」

リーフェの体調が悪いなんて、アリーダからもロベルトからも聞いていなかった。あの二人がそんな異変を見逃すとも思えないのだが。いや今はそんなことはどうでもいい。直ちにリーフェをベッドに運んで、それから——

「レオさま、落ち着いて」

これが落ち着いていられるか。

「まだはっきりしていないので、レオさまにご報告するのはもう少し後になりそうなのですけど、大丈夫ですから。ちゃんとお医者さまにも診ていただきます」

「大丈夫って」

「まだ見ぬ方とお会いするのは、楽しみだと申しましたでしょう？　未来は誰にも判らないからこそ、生きるというのは素晴らしいと、わたくしは思いますのよ」

おたおたする俺に、リーフェは謎めいた言葉を口にして、幸せそうに笑った。


翌日、リーフェとの会話の内容をかいつまんで話すと、アルデルト王はなんとも複雑な表情になった。

「……さっきから強烈な惚気《のろけ》を聞かされているだけに思えるのだが、気のせいかな」

「さすが僕の妹、いいことを言うなあ」

ヴィム氏は感心するばかりでなく、もう少し妹のことを見習ってもらいたい。

「唯一、あの妻と出会わせてくれたことだけは、ラドバウト前王に感謝しています」

たとえそれが悪意によって組まれた結婚だとしても。結果として、俺は希少な宝を手に入れた。

「それでつまり、ヴェルフ将軍は何が言いたいのだ」

どこか投げやりに問うアルデルト王を、俺は正面から見据えた。

「無論私が申し上げたいのは、陛下にもぜひ幸せになっていただきたい、ということです」

きっぱりした口調でそう言うと、アルデルト王は虚を突かれたように目を見開いた。

「十五年の長きにわたり、ご自分を隠してこられたのは尋常ではない忍耐と努力を要されたことでしょう。時には、もどかしさも、苛立《いらだ》ちもあったことと推察します。……そして、寂しさも」

いくら人並外れた精神力の持ち主でも、そんなにも長い間仮面を被り続けていなければならなかったのは、相当な苦行であったはず。

自分の意志によるものかそうではないかの違いがあるとはいえ、リーフェ同様、この方もずっと周囲に「自分自身」を見てもらえない孤独に耐えてこられたのだ。

だからこそ、アルデルト王にとってヴィム氏や数少ない側近たちは貴重な存在なのだろう。

しかし。

「前王が残された負の遺産を、これから陛下は一つずつ片付けていかなければなりません。これから先もまだ、茨《いばら》の道は続くでしょう。不肖第六将軍のこの私、レオ・ヴェルフは少しでも陛下をお助けできるよう力を尽くす所存でありますし、ヴィム殿をはじめとした側近の方々も同じ思いでありましょうが、やはりそれだけでは足りないのではと思います。――陛下には、隣同士手を携え、支え合い、その道を共に進んでくださる方がどうしても必要かと」

アルデルト王は口を結んでじっとしている。ヴィム氏はその傍らで目元を緩めた。まるで優しく見守るように。

「隣国の王女がどのような方か、調査をすれば一通りのことは掴《つか》めるでしょう。しかしそれをもって、『知った』つもりになられるのは間違いです。顔を合わせ、互いの目を見て、言葉を交わし、時間をかけてこそ、ようやく判るものだってたくさんあるはずですから」

「顔を合わせ、目を見て、言葉を交わし、やはり相手がこちらの命を狙うつもりだと判った場合は？」

「敵を排除するばかりでなく、味方に取り込む器と度量を見せるのも、君主としての資質というものでは？」

俺の反問に、アルデルト王は少し憮然《ぶぜん》としたように腕を組んだ。

が、一拍の間を置いて、軽く噴き出した。

「——いや、もっともだ。将軍の言うとおりだ。正直、まったく気乗りのしない縁談だったが、少し楽しみになってきたぞ」

「それはよかったです」

俺も目を細めた。

表で愚鈍を装っているのもアルデルト王、裏で厳しい顔をしているのもアルデルト王、そしてこうして年齢相応の笑顔になるのもまた、アルデルト王だ。

願わくば、アルデルト王の妻となる人物は、この方の別の顔を——本人でさえ知らないかもしれない新しい顔を——もっとたくさん見つけられるような女性であるといいなと思う。

「というわけで、陛下、こちらの書類に早くサインを頂けますか」

俺は容赦なく手にした書類を突きつけた。

さっさと仕事を片付け、今日も絶対に早く帰ると決めているのだ。家に帰って、リーフェの顔を見て、昨夜の話の続きをなんとしても聞き出さなければ。

明るい未来の予感と期待で、今にも胸がはちきれそうだ。

——まこと、人生は夢と希望に満ちている。

【アルデルト王の追憶、それから希望】

隣国から私に向けて、縁談が舞い込んできた。

その話を耳にした時、反射的に湧き上がったのは、なんともいえない不快感と苛立《いらだ》ちだった。

先王が死んでから、まだ三月も経《た》っていない。言ってはなんだが退屈な葬儀のあれこれを終え、面倒極まりない即位式も済ませたとはいえ、王城内はまだ混乱の真っ只中《ただなか》にある。

あのふてぶてしさと狡猾《こうかつ》な用心深さで、あと二十年か三十年くらいは生きるのではないかと思われていた先王がまさかの急死で、誰もが一斉にパニックに陥ったためだ。

自分の次の代のことなんて頭の端にもなかった先王だから、「もしもの時」のための備えなんて、してあったはずがない。王の機嫌を損ねないことと媚《こ》びへつらうことしかしてこなかった家臣たちは、立場が上の者ほど慌てふためいていた。

もともとあの先王がきちんとした政治などを行えるわけもなく、以前からこの国の土台をなんとか保たせていたのは、おもに下のほうにいる人間たちだ。

彼らが堤を壊さないよう必死になって上からの横暴を堰《せ》き止めていたからこそ、ノーウェル国は未《いま》だ決壊せずに済んでいる。「重臣」と呼ばれる者たちが今後の権力を巡り、醜い争いを繰り広げている現在にあってさえ。

早いところ風通しを良くして彼らを掬《すく》い上げてやらなければ、その堤が切れてしまうのも時間の問題だ。たとえば王城建物のてっぺんが吹き飛んだところで大した支障はなくとも、礎部分が壊れればひとたまりもなく全体が崩れ落ちる。そのことを理解しない連中が、これ以上引っ掻《か》き回さないように。

そんな時に、縁談だと？

馬鹿も休み休み言え、と私は思った。

先王が死んでから間もないこの時期にそんな話を持ってくるなんて、あまりにも礼儀に欠ける。あの王が死んだからといって悲しむような人間はノーウェル国にはいないが、それにしたって非常識すぎるだろう。

確かに私には伴侶どころか婚約者もいない。まずいことに先王の子のうち生きているのは私だけで、他に嫡流もない。もしも今私の身に何かがあれば、遠い傍系が王家を継承し、つまり王朝が絶えることになる。

それを避けるためにも早く妻を娶《めと》って跡継ぎを――という理屈は判《わか》る。判るが。

「しかしそれにしたって、これはないだろう」

私は手元にある書類を見つめてぼやいた。

そこには、隣国が持ち込んできた縁組の相手である女性についての情報が記されている。取り急ぎ調べさせたものなので、いろいろと不足があるという点には目を瞑《つぶ》らねばなるまい。いやしかし、それにしたってだ。

「名前。年齢。隣国の第六王女である。あまり表に出てこないのでその他は不明」

私は鼻でふんと息をして、その用紙を机の上に放り投げた。

これで一体何を知れというのだ。こんなもの普通「情報」とは呼ばない。下町のおばさんたちが流す噂話《うわさ》だってもう少し詳細だ。

隣国も隣国で、せめて姿絵くらい渡してくれればいいのに、「王女殿下は恥ずかしがり屋で……」などごにょごにょ言うばかり。

阿呆か、と内心で毒づいたが、よく考えたら私も似たような理由で姿絵を描かせたことがないのを思い出し、余計に腹立たしくなった。つまり「アルデルト王太子は内気ではにかみ屋で極度の人見知りだから」という理由である。もちろん嘘《うそ》に決まっているが。

「お互いさまですよね。あちらはあちらで、王女殿下にお渡しできる陛下の情報がほとんどないことに困っておられると思いますよ。まあ『噂話』だけなら事欠かないですけど、それをそのままお伝えすることはないでしょうし」

部屋の隅にあったワゴンの傍らに立ち、優雅な手つきでティーポットの茶をカップに注いでいたヴィムが、にこやかに言った。

「伝えればいいじゃないか」

「普段は部屋に引きこもっていることが多く、たまに王城内をフラフラすると思ったら毎回のごとく護衛を撒《ま》いてどこかに行ってしまい、人とはまともにお喋《しゃべ》りできないくらいの内気さで、『第一将軍は顔が怖いから嫌い』なんてことを言っては重臣たちを遠ざけ、いつも視線が定まらずにボンヤリして幼子のように振る舞っていますが特に害はありません、と伝えるんですか？」

「おおむね合ってる」

「そんな釣書を寄越されたら、ほとんどの女性は絶望しますよ」

「よし、だったらもっと誇張したものにして隣国に送ろう」

「やめてください、国外でまで陛下の評判を落としてどうするんですか。大体、手元にあるその情報だけでも、十分判ることはあるでしょう」

ヴィムはそう言って、立ったままソーサーを持ち上げ、自分の口にカップを運んだ。こいつは私の近侍のくせに、頼んだ時にしか主《あるじ》に茶を淹《い》れてくれない。

「判ること？」

「ほとんど伝えることがない、というのは、それだけこの王女殿下が周囲からあまり顧みられることのない境遇にある、という意味ですよ。なにしろあちらの王は、こちらとは違って大変な子だくさんというお話ですからね。単純に目が届かないのか、あるいは愛情の偏りがあるのか、それは不明ですが」

「余っているからやる、という感じか」

私はますます苦々しく呟《つぶや》いた。

要するにそれだけ、隣国はこちらを舐《な》めている、軽んじている、ということだ。美貌やら特出した才能やらがあればもっと良い嫁ぎ先を探すが、ノーウェル相手にはそこまで気を遣うことはない。ちょうどいい、これといって目立たず王にも存在を忘れられていたような第六王女を押しつけよう

――という腹なのだろう。

あわよくば刺客に、またはこちらを乗っ取る布石にするという魂胆が見え見えだ。

「まったく忌々《いまいま》しい……」

ため息をつきながら、呟いた。

せめてもう少し状況が整ってからなら、どうとでも手の打ちようはあっただろう。しかし現在の私はまだ「愚鈍」の面を被《かぶ》っている最中だ。下手に動くと周りに警戒される。

まず優先すべきは、先王が荒らした国を立て直すこと。城内にはびこっている奸臣《かんしん》たちを一掃するのなら、迅速に、そして徹底的にやらねばならない。驚愕《きょうがく》から覚めて、反撃する手立てを考えはじめた時にはすでに完全に無力になっているくらい容赦なく。

そのために、数少ない使える部下たちは今、あちこちに潜んでじっと時機を待っている。彼らに余計な労力を割かせるわけにはいかない。かといって、この問題を放置もしていられない。断れるものなら断りたいが、それに必要な口実がない。よって苛立ちだけが溜《た》まる。

「ヴィム」

「はい？」

「もうすぐ、ヴェルフ将軍が来ることになっていたよな？」

「そうですね、陛下のサインを貰《もら》いに」

「よし」

こうなったら心ゆくまで将軍に愚痴を聞かせてやろう。なにしろ私にとって、こういう話ができる相手は限られているからな。

ヴィムは微笑《ほほえ》んで、「お気の毒に、ヴェルフ将軍」と言いながらまた茶を飲んだ。

＊＊＊

レオ・ヴェルフという名の第六将軍は、その厳《いか》めしい肩書に反して、いかにも穏やかそうな外見をしている。

いや、外見だけでなく性格のほうもそうなのだろう。彼が第一将軍のように誰彼構わず怒鳴りつけたり、威張りくさっていたりするところを見たことがないし、そういう話も聞いたことがない。私自身はあまり外に出ることはないが、長い耳を持っていることには自負があるので、ヴェルフ将軍に関する評判は事実とそう違ってはいないはずだ。

温和で寛容で部下思い、厳しい時には厳しいが、責任感もまた人一倍強い人物である、と。

第六将軍というのが少々特異な立場にあるということを差し引いても、驕《おご》らず出しゃばらず、なによりも職務に忠実だという点で異論がある者はいないらしい。話に聞いた時には、本当にそんな人間がいるのか？　と疑ってしまったが、実際に会ってみてなんとなく納得した。

押しの強さが足りないのは欠点だが、これはこれで、貴重な人材である。

その貴重な人材であるヴェルフ将軍から、叱咤激励なのか惚気《のろけ》なのかよく判らない話をされたのは、つい先日のことだ。しかしそのおかげで、結婚話に対する私の憂鬱は多少晴れた。

どうであれ受けなければならないことなら、やむを得ずという形ではなく、少しでも前向きになっていたほうがまだ気分が良い。

さすが将軍だけあって、説得の仕方が的確で冷静だな――と感心していた、数日後。

執務室にやって来たその日のヴェルフ将軍は、ちょっと様子がおかしかった。

「陛下」

「なんだ？」

「人生とは、素晴らしいものですね」

「……う、うん？」

何か変な言葉が聞こえたな？　と思ってサインしていた書類から目を上げたら、机の前に立つヴェルフ将軍は、ものすごい真顔をしていた。

そしてもう一度、「生きるというのは、素晴らしいことだと思いませんか」と、大真面目に宣《のたま》った。

訂正だ、ちょっとどころではなくおかしい。

私はひとつ咳払《せきばら》いをした。

「あー……将軍？」

「はい」

「何かあったのか？」

「いえ、ただ、この上ない幸せを噛《か》みしめているところで」

「……へえ」

「自分が幸せだと、他の者にも幸せになってもらいたいと思えるのだなと気づきました。ですから臣下として、陛下の幸せも願っております。そしてこの国の民すべてに幸福が訪れるよう、よりいっそう職務に励みます」

「うん……そうか。それは……ご苦労」

他になんとも言いようがなくてそう返し、ついでにサインし終わった書類も返すと、ヴェルフ将軍は軍人らしいきびきびした動きで受け取り、礼をしてからまたきびきびと執務室を出ていった。

いや……きびきびしているのに、妙にふわふわしている。もしかしてあれ、地に足が着いていないんじゃないか？

困惑してヴィムのほうを向くと、くすくす笑っていた。

「どうやら、僕の妹が妊娠したことがはっきりしたようで」

「ああ……なるほど」

ようやく腑《ふ》に落ちた。一度は自分の地位も経歴も命もなげうってまで、先王の魔の手から救おうとしたという愛妻だ。それは嬉《うれ》しいだろう。

子どもが生まれることが幸せ。

……そうか。普通の親は、そういうものなのか。

「この上ない幸せ、ねえ」

小さく呟いて、私は椅子の背もたれに身を預けた。

自身の結婚話に腹立ちばかりがあった以前よりマシになったとはいえ、それでも諸手《もろて》を挙げて大喜び、という状態には程遠い。そんな私には、将軍のあの浮かれっぷりが少々疑問でもあり、羨ましくもある。

自分にもあんな日が来るのだろうか。

これから得ることになるかもしれない伴侶や我が子を、愛することができるのか。あるいは憎むことになるのか。それとも無関心を貫くのか。何もかもが曖昧だ。

大体、私は愛というものをほとんど知らない。あの父とも呼びたくないおぞましい生き物は言わずもがな、母も兄も、大事な人たちは呆気《あっけ》なくいなくなってしまったからだ。

兄を亡くしてからは、自分を守るために死に物狂いだった。少しでも知恵が廻《まわ》るようなところを見せれば目をつけられる。兄の死でショックを受けて少し「おかしく」なってしまった、という演技を続けてきた。

小心になり、人に怯《おび》え、ことさら動作を鈍重にして、ぼんやりとした子どもに見えるよう。

そう振る舞うことによって、周囲はころりと態度を変えた。私に対して露骨に失望し、侮り、見下し、嘲笑する。何をしても怒らない、意味も判らないと思われたのか、苛《いじ》めもよくあった。大人も子どもも、相手が弱者だと知るや、すぐに力で支配しようと考える輩《やから》は多い。

誰もが見事なくらい、私の作った仮面のほうしか見なかった。

近侍という名の世話係も、何度も入れ替わった。同じ年くらいの連中は高位貴族の子弟ばかりだから、どいつもこいつも忍耐なんてものはない。こんな役立たずの王太子には取り入ってもしょうがないと見限ると、撤退するのは早かった。

ヴィムが私の近侍になったのは、私が十七、彼が十五の時だ。

やつは最初から風変わりだった。ほっそりとした頼りなげな身体《からだ》で、顔もやや中性的、イアルの血筋という以外には突出した何かがあるわけでもないのに、やたらと要領が良くて、するすると人の懐の中に入っていく。

伝手《つて》の伝手の伝手を辿《たど》ってこの仕事を得た、というヴィムは、私に対しても他の人間と同じように接した。優しく笑いかけ、わざと粗相をしても怒らず、「殿下、一緒に外の空気を吸いに行きましょうか」なんてことを涼しげに言い、そのくせ食べ物については異様な執着を見せる。

私は「愚鈍」の面を被りながら、慎重に、疑り深く、ヴィムを観察した。果たしてこの男は「排除する」の箱に入れる者か、「使えそう」の箱に入れる者かと。

しかしヴィムは、軽々と私の思惑を超える行動をした。

ある日、いつものように飄々《ひょうひょう》とした調子で、

「――ところで殿下は、どうしてそんな演技をしておられるんです？」

と訊《たず》ねてきたのだ。

私は驚き、そしていつでも攻撃できるように内心で身構えた。やっぱりこの男は油断がならない。だとしたら次に考えるべきは、敵か味方か見極めること。すぐに「排除」するかどうかを決めることだ。

「……おまえ、何が望みだ？」

私は彼を睨《にら》みつけ、鋭く問い詰めた。ここで私を脅すような真似《まね》をするか、あるいは懐柔してくる

か、それによってまた判断も変わる。

　その時すでに私はかなりの人間不信だった。性格も少々歪《ゆが》んでいた。目の前にいる男が易々《やすやす》と私の仮面を取り払ってしまったことに、言いようのない憤怒と憎しみを覚えた。

「望み、ですか」

　ヴィムはちょっと面白そうに言ってから、顎の先を指でこりこりと掻いた。

「……そうですね、いつでも食事ができることですかねえ」

　返された答えは、よく理解できないものだった。

「は……？」

「常に満腹に、とまでは言いませんが、三度三度、きっちり食事をしたいわけです。それが美味《おい》しければ、なお文句ありません」

「それは何かの比喩か？」

　私が判らないと思って誤魔化そうとしているのかと問えば、ヴィムはきょとんとした。

「え、普通に食事の話をしてるんですけど。……あのねえ殿下、幼少期から毎日毎日ろくに食べ物にありつけず、そのくせ矜持《きょうじ》は捨てるなと言われ続けていた人間が夢見るものって、何か判ります？　もう平民でもなんでもいい、誇りなんて知ったことかと思うくらいに、飢えて飢えて飢えて、だけど馬鹿な親たちが見栄を取り繕うために残り少ない金を使っているのを見た時の、怒りと絶望感が判りますか？　妹がいなければ、僕はとっくの昔にあの家に火を点《つ》けていましたよ。空腹は容易く人の理性を奪いますね。腹を満たすのがなによりの幸福だと知っていますから、僕の究極の望みはそれだけで、そのためにこうして仕事もしています」

私は唖然《あぜん》とした。イアルの血筋とはいえメイネス家がもう没落寸前だとは聞いていたが、そこまで悲惨な状況であったとは。

「正直メイネスの家なんてどうだっていいんですが、あそこがなくなると、両親と彼らの夢を押しつけられた気の毒な妹は、野垂れ死にするしかありません。なので僕は働かないといけないし、効率よく稼げて、なおかつ様々な人脈も作れるこの仕事のことも気に入っています。ですから可能な限り長く続けるために、殿下にはなるべく長生きしてもらわないといけないんです。貧乏暮らしはもうウンザリですし、この国がなくなっても困りますしね。それについて僕に協力できることがあればと思って、演技の理由をお訊ねしたんですけど」

そしてヴィムはヴィムで、相当身勝手な人間だった。普通とはちょっと観点が違うが、この男もまた自分の都合のために王太子である私を利用しようとしている。

しかし――

「……ははっ」

噴き出してしまった時点で、私の負けだ。どうやら私は自分で思っていたよりもずっと、この男のことが気に入ってしまったらしい。

私が笑うと、ヴィムもニコッとした。

それ以来、彼はいつも私の後ろに控え、時には共に手を汚すことも厭《いと》わない、得がたい存在となった。友人というほど優しいものではないが、主人と従僕というだけでは説明できない関係だ。

果たして、隣国の第六王女は、ヴィムのような驚きをもたらしてくれる人物なのかどうか……

「――陛下？　どうかしました？」

声をかけられて我に返った。

過去を思い出してぼうっとしていたためか、珍しく頼んでもいないのに、ヴィムが湯気の立つカップを机に置きながらこちらを覗《のぞ》き込んでいる。こういうところが、人心を掴《つか》むのが上手《うま》い所以《ゆえん》なのだろう。

「ああ、いや……ちょっと昔のことを思い出していた」

「年寄りですか。それとももうすぐ死ぬんですか？　赤ん坊の話をしていたのに縁起が悪いですね」

「縁起が悪いのはおまえだ。ヴェルフ将軍の奥方はヴィムの妹なのだから、生まれてくるのは甥《おい》か姪《めい》ということだろう。ちゃんとお祝いくらい贈ってやれよ」

「もちろんですよ。赤ん坊が生まれた祝いの席では、いよいよあの豚が食べられるのかと、今から楽しみで楽しみで」

「豚って……将軍の家ではペットとして名前もつけて可愛がっていると聞いたが」

「豚は豚でしょ。食材にする以外どうするんですか。ペットとか、意味が判らないですよ」

「おまえ最低だな。妹に怒られるぞ」

「そういえば、妹が小さい頃、空を飛んでいた鳥に向かって『鳥はいいわね』と羨ましそうに呟いていたので、『そうだね、焼いたら美味しそうだね』と返したら、その後しばらく口をきいてくれませんでした」

「おまえ最低だな！」

どうしてこの男がご婦人たちに人気なのか、まったくわけが判らない。私はヴィム以上にデリカシーのない男を他に知らないのだが。

なぜこんなやつのために、あれもこれもと貢いで気を惹《ひ》きたがるのだろう。口で何を言おうと、どうせこいつが本心から喜ぶのは金か食い物くらいだぞ。

「そういえば、変装して町に下りた時も、おまえはなんだかんだ上手いことやってたよなあ」

「なんです突然。言っておきますが、陛下が毎日毎日仮面を被るのも疲れるって文句ばかり言うから、息抜きに連れていってあげたんですよ。どうしてそんなに僻《ひが》んだ目をしているんです」

お忍びでヴィムと一緒に城下町に下りたのは数回である。確かに息抜きにはなったが、楽しかったかと問われれば少々微妙だった。

――結局、そこでも皆、「表に出ているもの」しか見ないのだな、と気づいてしまったからだ。

金持ちの恰好《かっこう》をしていれば媚びてくるし、みすぼらしい服を着ていれば邪険にされる。頬に傷をつけ帽子を目深に被っていれば誰もが恐れて近寄らない。王太子という身分はバレなくても、「こう見せようとしている自分」しか他者の目に映らないのは、王城内と別に変わりなかった。

その点、ヴィムは不思議とどんな恰好をしていてもその場に馴染《なじ》んでいた。店に入れば見知らぬ客といつの間にか打ち解け、食事どころか酒まで奢《おご》られている。なんなんだこいつは。一流の詐欺師か何かか。

「胡散《うさん》臭さで言えば、私よりもヴィムのほうが数倍上だと思うんだが」

「僕は陛下と違って、おかしな演技はしていませんよ」

「おかしな演技って言うな」

「だって最初は保身のためだったとしても、途中から結構楽しくなってきちゃったんでしょう？　もう少しほどほどにしておけば、国内貴族の婚約者ができていたかもしれないのに」

「国内だろうが隣国だろうが、『見た目』でしか判断されないのは同じだろうよ。城でも町でも変わりはないようにな」

　ふてくされ気味にそう返すと、ヴィムはにやりとした。

「ああ、つまり陛下は、『本当の自分』を知って、好きになってもらいたいわけなんですね。なんだ、意外とロマンチストなところがあるんですねえ」

　からかうように言われて、言葉に詰まった。

　本当の自分を知って好きになってもらいたい――そんなことは……いや、そうなのだろうか？

「でもねえ陛下、『本当の自分』って、つまるところなんなんでしょう？　僕だって、本当の自分なんて、よく判りませんよ。人は誰だって自分をより良く見せたいものだし、他の人間を自分の見たいように見るものじゃありませんか？　みんな、仮面を被っているんです。そこから少しずつ仮面の下を探っていくという行為が、誰かを、そして自分を、『知る』ってことなんじゃないでしょうかねえ。それにはやっぱり、ヴェルフ将軍が言うとおり、本人の意志と時間が必要なんだと思いますよ」

　そう言って、ヴィムは微笑んだ。

　相変わらず何を考えているのかよく判らないが、この男が自分でそう見せようとしているような、デリカシーのない女たらしのクズ、というだけの人間ではないことを、私は「知って」いる。

妹の嫁ぎ先が第六将軍になったのは先王の嫌がらせとされているが、それだってどこまでが本当に王の思いつきなのかは怪しいものだ。ヴィムがレオ・ヴェルフという新将軍についてあれこれ調べていたのも知っているし、この男はなにより、他人を誘導することに長《た》けている。

もしも「いい金ヅルになってくれる」と本気で思っていたのなら、妹のおかしな噂などさっさと払拭して、いくらでも「イアルの姫」を欲しがる相手に売り込めばよかったのだ。ヴィムが今まで築いてきた人脈は、高位貴族から末端まで、多岐にわたっているのだから。

とにかく結果として、妹はイアルの血から逃れて自由になり、幸せを手に入れた。

たぶん、そのことを誰よりも喜んでいるのはヴィムだと思う。絶対にそんなこと、素直に認めないだろうが。

「幸せか……」

今まで、最も自分には縁遠いと思っていた言葉だ。

私は愛も幸せもよく知らない。ずっと自分を隠し続けていた分、他にも知らないことは多いのだろう。

もしも自分が幸せを感じられたら、他の人間も幸せになるといいと思えるのだろうか。

愛を知れば、国も民も愛することができるだろうか。

……今度こそ、ちゃんとした「家族」というものが持てたなら。

「陛下、そろそろ会議のお時間です」

ヴィムに言われて、「ああ」と頷《うなず》き、立ち上がった。

「やれやれ、またおどおどしながら小さくなっていなきゃいかんのか」

「あと少しの辛抱ですよ。もう大分、排除すべき人間のリストはできあがっていますから」

「まずはあのやかましい第一将軍を切ろう。代わりにヴェルフ将軍を据えようかな」

「間違いなく断られますね。それよりも第六軍を育てさせたほうがいいですよ。あそこは精鋭揃《ぞろ》いですから」

「そうだな、軍の整備と……そうだ、ヴィム、おまえはどんな役職が欲しい？」

「役職ですか？」

「宰相の座でもなんでもくれてやるぞ」

「要りません。僕、そういう仕事は向いていないので。それに途絶えた王朝の末裔《まつえい》がそんな席に座ったらまずいでしょう」

「じゃあ、何が望みだ？」

「いやだなあ、陛下」

ヴィムはニコニコ笑った。

「いつでも食事できることが僕の望みだと、以前も言ったでしょう？　僕がこの先もずっと飢えることのないように、陛下にはなるべく長生きしてもらって、安定した治世を敷いてもらって、ついでに幸せになってもらわないと」

最後にちゃっかり付け加えられた言葉に、私は噴き出した。

まったくどこまでも腹立たしいやつだ。

「——よし、では行くぞ、ヴィム。奸臣を追い出したらその後は、国の立て直し、私の結婚、外交、弱者救済と、問題は山積みだ。茨《いばら》の道かもしれんが、離れずついてこい」

「お供しますから、ちゃんと地獄でも美味しいものを食べさせてくださいよ」

後ろには頼りになる世話係。隣を歩いてくれる相手はまだ判らないが、仮面を投げ捨て、素顔を晒《さら》したら、少しずつ自分と人のことを知っていこう。

……確かに、未来は誰にも判らないからこそ、生きるというのは楽しみで、素晴らしいのかもしれない。

番外編　リーフェの日記

○月　○日

今日はわたくしの十九歳の誕生日。

お父さまがプレゼントにと、新しい羽根ペンをくださった。

今まで使っていたペンが、ずいぶんボロボロになってしまったためだろう。

あれも長いこと使っていたものね。ペン先が何度も潰れて、そのたびナイフで削って調整していたから、そろそろインクをつけるところがなくなって、もう羽根で文字を書くしかないかもと思いはじめていたところだった。

メイネス家の人間は小物に至るまで上質な一流品を持たねばならない、というのがお父さまとお母さまの信念のようだけれど、筆記具には耐久年数というものがある。いくら高級でも限度を超えて酷使し続けるより、安価なものを何度か買い替えたほうがよほど効率的ではないかと思う。このペンも、渡してくださる時に長々とうんちくを語っておられたから、また長いお付き合いになりそう。大事に使わないと。

そういうわけで、新しいペンの試し書きも兼ねて、お夕食の時間までこうして日記を書くことにした。

だって、何かしていないと、ちっとも落ち着かないんだもの！　今日はわたくしの誕生日のお祝いだから、いつもよりも豪華なメニューになるのですって！　楽しみ！

昨年はちょっぴりだけどお肉が出た。今年もあるのかしら。ソースは少し甘めにしてもらえるといいのだけど。

お屋敷の書庫で見つけた本の中にパーティーの場面が出てくるお話があったから、今日は朝からずっとそれを読んで想像を膨らませていた。その本には、テーブルいっぱいに並べられたお料理が描かれた挿絵が載っていて、わくわくが止められなかった。

豚肉のソーセージ、じっくり煮込んだ仔ウサギのシチュー、鰊《にしん》のパイ包み、豆たっぷりのスープ。

そういえばお兄さまが以前、王城では、こんがり焼いた孔雀《くじゃく》のお肉に派手な羽根を広げて飾るのだと言っていたことがある。お母さまはそれを聞いて「今の国王らしい悪趣味さだこと」と眉をひそめていらっしゃったけれど、イアル王朝の時代の王族は何を召し上がってらしたのだろう。庭園に咲いているお花？　まさかね。

わたくしは別にそんな風に飾り立てなくてもいいわ。でも、一度でいいからお腹《なか》いっぱいになるまでお肉を食べてみたい。

そうそう、ご馳走《ちそう》にはデザートも欠かせないわよね。りんごやさくらんぼの砂糖煮に、アーモンドのドラジェ、クリームの詰まったタルト、後はクレープ、ヌガー、ボンボン……

もちろん、わたくしだってちゃんと判《わか》っている。甘いお菓子を目の敵にしていらっしゃるお母さまが、料理人にこれらのものを作る許可を容易に与えはしないだろう、ということくらい。

でも、今日はわたくしの誕生日。一つくらいはいいのじゃないかしら。クッキー一枚でも文句は言わないから。昨年も、一昨年《おととし》も、デザートに出たのは酸っぱいイチゴが三つだけだったけれど、わたくし黙って我慢したわ。

ああ、もうすぐお夕食の時間ね。胸がどきどきしてきた。なんだか文字も震えている、落ち着かなければ。あまり興奮して、「イアルの娘がみっともない」と不機嫌になったお母さまにデザートを抜かれでもしたら大変だもの。

静かに静かに。優雅に上品に動くのよ。表情を変えず、食事になんて興味ないわという顔をしていないと。

一体何が出るのかしら、楽しみ……！


【今日の夕食の覚え書き】

いつもの固いパン、スープ、お肉。

スライスされたお肉は下のお皿が見えるくらいの薄さで、風でも吹いたらあっという間に飛ばされそうだった。お兄さまもきっと同じ不安を抱いたのだろう、わざわざ席を立って、食堂中の窓を閉めて廻《まわ》っていた。

スープは確かに普段よりは具が多かったけれど、どこを探しても野菜しか入っていなかった。もしかしたらニンジンの下にお豆や肉団子が隠れているのではないかと思ったのに、そんなことはなかった。

デザートはやっぱり酸っぱいイチゴで、しかも去年より一つ減っていた。

あまりにもわたくしがしょんぼりしていたせいか、食事の後でお兄さまが魔物対策用の飴玉《あめだま》を分けてくれた。

ちょっと泣いた。

○月　○日

今日、お父さまのご友人という方がいらっしゃった。

ひょろりと痩せているのはこの家の人間とそう変わりはないけれど、とても裕福らしく、上から下まで立派な身なりをしていた。おそらく、かなり高位の貴族なのだろう。頭を下げずに目だけで他者を見下ろす態度と、一目で作り笑いと判るものを口元に貼りつけた尊大な顔つきが、何も聞かずともそれをよく物語っていた。

いつもはお客さまが男性だと、お部屋にいなさいと言われることが多いのに、この日はお母さまに応接間まで引っ張り出された。

その人は、ご挨拶をしたわたくしを見ると大きく目を見開き、気取った仕種《しぐさ》で礼を取った。

そして、まるで貴重品にでも触れるようにして恭しく、わたくしの手を下から掬《すく》い上げた。

「お目にかかれて光栄です、イアルの姫君。おお、これはなんとお美しいご令嬢でしょう。噂《うわさ》とはずいぶん……ああ、いやいや、やはりこれも血筋というものでしょうな」

じろじろとこちらを眺め廻す視線はなんとなく夢見るようにうっとりしていて、やや粘ついたものまで含んでいた。

「このまま箱に入れて飾っておきたいほどだ」

そう言いながら熱のこもった目を向けられ、わたくし思わず後ずさってしまったわ。

「わたくしはお人形ではありません」

その返事をどう思ったのか、彼ははははと笑うだけだった。見れば、お父さまもお母さまも同じように笑っていた。「箱に入れて飾りたい」というのは、お二人にとっては褒め言葉として聞こえたらしい。

わたくしはため息をついて、それ以上言うのを諦めた。

その後ですぐ「これから大人の話をするから」と追い出されてしまったけれど、三人はしばらく何かを話し合っていたようだ。

何を話していたのかは判らないものの、屋敷を去る前、お見送りに出たわたくしに「それでは、またお会いできるのを楽しみにしています」とやけに力を込めて言うので、少し不安になった。お父さまとお母さまは、彼に何を言ったのかしら。

またお会いしなきゃいけないのかと思うと、なんだか憂鬱になってしまう。

お仕事から帰ったお兄さまにそのことを話すと、眉を寄せられた。

どうかして？　と聞いても口を閉じて何かを考えている。

しばらくして、珍しく真面目な顔になったお兄さまは、わたくしに向かって問いかけた。

「……リーフェ、おまえはどうしたい？」

「どう、って？」

「これからのことだよ。このまま『イアルの娘』として生きたいか、それともイアルから離れた場所で生きたいか。どちらを望むんだい？」

「これから――」

わたくしはその時、ほとんど迷わなかった。はっきりと口にしたことはなかったけれど、それについての答えはもうとっくに自分の中にあったのだ。

「選べるものなら、わたくしは『イアル』の名の下から抜け出したい」

いつも、いつだって、わたくしの頭の上にはその名前が乗っていた。

イアルの末裔《まつえい》、イアルの娘、イアルの姫君。わたくしを呼ぶ人は、必ずと言っていいほどそこに「イアル」という冠を被《かぶ》せようとする。まるで、それがなければおまえの存在に意味などないというように。

誰もわたくしのことを、「リーフェ」という名の個人としては見てくれない。実の両親でさえ。

……時々、ふと、判らなくなってしまうの。

ここにいる自分は、果たして誰なのだろう。あの男性が思うように、イアルの血が流れているだけのお人形でしかないのだろうか。

笑っても、大きな声を出しても、「それはイアルの娘のすることではない」と叱られたから、なるべく静かに無表情でいるようにしていた。お父さまとお母さまはそれで満足していらしたけれど、わたくしはちっとも楽しくなかった。

そうやってたくさんのものを封じ込め、上辺だけそれらしく見えるよう作り上げたわたくしを周囲が褒めてくれたとしても、それは「リーフェとしての自分」を認めてもらえたということにはならないのではないかしら。

本当は、もっといろいろなことをしてみたい。お金持ちにならなくてもいいの。ただ、思いきり声を上げて、笑ったり、泣いたり、怒ったりしたい。綺麗《きれい》な花を見て喜んで、ちっぽけなことに驚いて、どこまでも自分の足で走りたい。

好きなものは好き、嫌いなものは嫌いと、きちんと言いたい。

誰かといっぱいお喋《しゃべ》りしながら、美味《おい》しいものを食べたい。

わたくしのいちばんの望みが、屋根くらい高いところに登り、ずーっと遠くの景色を眺めることだって、きっとお父さまもお母さまもご存じない。

この広い世界を上のほうから見てみたいの、鳥のように。

それらの夢のうち、「イアル」の名が必要なものは何一つとしてなかった。

「——そうか」

わたくしの返事を聞いたお兄さまは、にっこり笑って頷《うなず》いた。

【今日の夕食の覚え書き】

いつもの固いパン、味がしないスープ。

お金持ちそうなお客さまがお土産を持ってきてくださったのではないかと思ったのだけれど、頂いたのは食べ物ではなく、何かの美術品だったようだ。

多少取り繕ったところでこの家が窮乏しているのは一目瞭然なのに、そんなお腹の足しにもならないものを持ってくるなんて、どういうつもりなのだろう。気が利かないわ。そりゃあお父さまもお母さまも大変な見栄っ張りだから、誰かから施しを受けようものなら烈火のごとくお怒りになるでしょうけれど、それにしたって！

少し期待した分、いつもに増して食事が侘《わび》しく惨めに感じられた。ご満悦の様子で美術品についての解説を滔々《とうとう》と語るお父さまに上の空で相槌《あいづち》を打ちながら、お兄さまはずっと「アレを売ったらいくらになるか……まずは査定を……」とぶつぶつ呟《つぶや》いていた。

あまり好きにはなれそうもない男性だったけれど、ますます嫌いになった。

○月　○日

わたくしの結婚が決まった、らしい。

突然のことで、まだ少し把握しきれていないのだけれど、どうやらそれはもう決定事項だということだ。なんでも王命によるものだから、断ることは不可能なのだとか。

意味がよく判らない。なぜわたくしの結婚を、国王陛下がお決めになるのかしら。没落した前王朝の血筋の娘がどこに嫁ごうが、政治に関係するとは思えないのだけれど。それとも、単にわたくしが社交に疎い世間知らずだから、理解できないだけなのだろうか。

けれどとにかく、いきなりその知らせをもたらされたメイネス家は、大紛糾した。いえ正確に言うと、お父さまはうな垂れ、お母さまは怒り狂っていた。

「なんてこと！　冗談ではありませんよ、イアルの娘が下級貴族と婚姻など！　それも軍人ですって!?　そんな野蛮な男のもとに嫁がせられるわけないでしょう！　し、し、しかも、第一将軍であればまだしも、第六将軍なんて……！」

今までさんざんわたくしに対して「大声を出すなんてはしたない」という注意を繰り返してきたお母さまは、耳がキンキンするくらいの金切り声でそう叫んだ。

普段のあの貧しい食事内容で、お母さまったらよくもこれほどお腹に力が入るものだわ、と感心した。

「あはは、いやだな母上。第一将軍といえば、もう五十に近い初老男性ではないですか。いくらなんでもリーフェの夫にはトウが立ちすぎでしょう。それにあの方にはもう妻子がいらっしゃいます。さすがに僕だってあんな義弟《おとうと》は御免ですよ」

朗らかに笑って一蹴したお兄さまを、お母さまはすごい眼《め》つきで睨《にら》みつけた。

「お黙りなさい、ヴィム！　何をぬけぬけとこんな馬鹿げた命令を受けて帰ってきたの！　王太子殿下にお仕えするおまえが、真っ先に反対すべきではないですか！」

「そんなことをしたら、比喩ではなく首を切られるか、牢《ろう》に入れられてしまいますね。世情に疎い母上はご存じないのかもしれませんが、ラドバウト国王陛下は、ご自分の決定に否を申し立てる人間を決して許しません。下手をしたら、せっかくここまで細々と繋《つな》げてきたメイネス家そのものが潰されかねませんが、それでもよろしいんですか？」

「だからって！」

「とにかく王命が出されてしまった以上、僕らはそれに粛々と従うしかない、ということです。よろしいですね、父上」

お兄さまに有無を言わさず確認されて、お父さまは青い顔でのろのろと頷いた。

矜持《きょうじ》はあるけれど才覚はなく、お屋敷の中にかろうじて残っている絵画や美術品を愛《め》でるのが唯一の趣味のお父さまに、王命に背こうというほどの気概などあるはずがない。実質、現在のメイネス家を支えているのはお兄さまなのだと、この時になって改めて実感した。

お母さまはへなへなと力が抜けたようにソファに座り込み、

「あ……あんまりだわ……わたくしたちが十九年もの間、心血を注いで、大事に大事に育ててきたのですよ……イアルの娘としての教養も立ち居振る舞いもすべてを身につけ、どこに出しても恥ずかしくない娘になったというのに……」

そう言って、さめざめと泣いた。

わたくしはその言葉を聞いて、ぼんやりと思った。

……リーフェ・メイネスという人間は、まるでお父さまとお母さまが手がけた一つの「作品」みたいだわ。

削って、磨いて、美しく仕上げた美術品。

これからどの顧客に向けて「出荷」するか、楽しみにしていたのに――

同じようなことを考えているのか、泣き崩れるお母さまに向けるお兄さまの目は、どこか冷ややかに醒めていた。

「わたくしは絶対に認めませんからね！　ええ、こんな横暴が許されてたまるものですか……！」

「おや、今頃その台詞《せりふ》を出せるとは運がよろしいですね、母上。なにしろ現在のこの国では、もっと大変な横暴がまかり通っていて、何百、何千の人間が同じ言葉を悲嘆とともに口にしているんですよ。──では、そういうことで」

泣き叫ぶばかりのお母さまと、茫然《ぼうぜん》と座り込んでいるだけのお父さまを横目に、お兄さまがソファから立ち上がる。

手招きされて、わたくしもその愁嘆場からそそくさと逃げ出した。

「……それで、リーフェはどう考えているんだい？」

陰鬱な空気が満ちる居間から離れて、ほっと息をついたら、お兄さまに訊《たず》ねられた。

「さっきから他人事《ひとごと》のような顔をしているけど、事はおまえの結婚話なんだからね」

「ええ、そうね、そうだったわ」

そう言われて、わたくしもようやく自覚して目を瞬《しばたた》いた。

なにしろ突然「王命で結婚が決まった」と言われ、その後すぐにお母さまがけたたましい悲鳴を上げたので、半分くらい意識が飛んでいたのだ。

そもそもわたくしは、両親の前では感情を抑えつける癖がついてしまっている。

「でも、わたくしがどう考えようが、もうお断りすることはできないのでしょう？」

「それはそうだけど、おまえがどうしてもイヤだと言うのなら、多少は手立てを考えるよ」

「お兄さまはたまに真っ当なことを言うのねえ」

「たまにってなんだい。僕ほど妹思いの兄はいないと思ってるんだけど」

「そうだったかしら」

わたくしは首を捻《ひね》った。

お兄さまとわたくしは、兄妹《きょうだい》というよりは、ある種の同志のようなものだと思っている。イアルの名に縛りつけられた者同士、互いに手を取り合い、貧しさと空腹に立ち向かう仲間だ。

兄妹愛というほど甘やかなものがあった記憶はないけれど、わたくしがこの閉塞した状況の中で押し潰されずに済んだのは、お兄さまが外の世界の風を少しずつ吹き込んで、冗談にまぎらせつつ空気を抜いてくれたからというのが大きい。

「そうね……」

頬に手を当て、改めて考える。

結婚自体は、いずれ逃れようがないだろうと覚悟していた。そこに自分の意思など挟む余地はないということも判っていた。わたくしにとって今回の話は、決めるのが両親か国王か、というくらいの違いしかない。

「……もしもこの王命がなければ、わたくしは、この間いらした男性のところに出荷……いえその、嫁ぐことになっていたんですよね？」

お兄さまは一瞬目を丸くして、軽く噴き出した。

「おまえはたまに鋭いね」

「たまにってなんですか。だって、あれ以来、お父さまとお母さまがやけにあの方を売り込んでくるのだもの。いかに身分が高くて、領地が広くて、財産もたっぷりあるかってことばかり。……それにね、これが最も重要なのだけど、あの方は昔から熱心なイアル崇拝者なのですって」

まったく理解しがたいけれど、この国にはそういう人が一定数いるらしいのである。

もしもあの男性のもとに嫁いだ場合、わたくしは本当に箱の中に飾られるように、今度はあちらのお屋敷で大事に囲われるのかもしれない。

傷がつかないよう、希少な血が損なわれないように。

きっと、本の挿絵に描かれていたような豪華な食事を出してもらえるだろう。ふかふかの大きなベッドで眠れるだろう。最新の流行のドレスも着られるだろう。

わたくしはそこでただ微笑《ほほえ》んでいればいいのだ。優雅に、淑《しと》やかに、何もせず。

それこそが、両親が求める「イアルの娘としての幸福」なのだろうから。

明日の食べ物を心配しなくてもいい生活は嬉《うれ》しい。大きなベッドも、ひらひらした明るい色のドレスにだって憧れる。

――だけど、それって幸せ？　本当に？

「お兄さまは、第六将軍という方をご存じ？」

首を傾《かし》げて訊ねると、お兄さまはやんわりと笑った。

「直接会ったことはないけど、評判くらいは少しだけ。事情があって、最近新たに将軍職に就いたばかりでね。年齢は二十八だったかな」

「お若いのね」

わたくしは目を瞠《みは》った。

将軍というからには、三十代や四十代の人を想像していた。先日屋敷に来た男性は三十代半ばくらいだったから、彼と比べてもうんと若い。

「第六軍はちょっと特殊なんだ。なんでも、父親の代から軍人という、叩《たた》き上げの人物らしいよ。実力も優れているのだろうけど、なにより穏やかで部下思いの性格らしい」

「まあ」

その内容よりも、お兄さまが素直に他人を褒めていることのほうに驚いた。

「お名前はなんとおっしゃって？」

「レオ・ヴェルフ」

「レオ・ヴェルフさま……」

口の中で転がすように、名前を復唱した。

いかにも軍人らしい強そうな名前だ。きっと逞《たくま》しく立派な体格のお方に違いない。お顔も厳《いか》ついのだろうか。お髭《ひげ》はあるのだろうか。怒鳴ったりなさるのだろうか。

叩き上げの軍人であるというヴェルフ将軍は、わたくしのこの貧相な身体《からだ》を見て、なんて軟弱なと呆《あき》れないかしら。お会いするまでに、少し鍛えておいたほうがいい？

不安はもちろんある。怖くないと言えば嘘《うそ》になる。

だけれど、もしかしたら――

「ね、お兄さま」

「うん？」

「ヴェルフ将軍は、もうこのお話を承諾なさったの？」

「陛下に命じられて、『卑小なこの身には分不相応なお話ながら、リーフェ・メイネス嬢が受け入れてくださるなら喜んで』と答えたそうだよ」

あちらにとっても断れない縁談なのだから、そう言うしかないのだろう。それでも、まずはわたくしの意思を尊重してくださる言い方が、とても好ましく思えた。

――そうか。ヴェルフ将軍は、「メイネス家が」とも「イアルの姫君が」ともおっしゃらなかったのね。

リーフェ・メイネスと、はっきりわたくしの名を出してくださった。

そのことに、じわじわと喜びが湧いてきた。そう、喜びだ。まだ一度もお会いしたことのないその方に、わたくしは確かに胸の高鳴りを覚えていたのだった。

不思議な気持ち。でも決して、悪い感じではない。

……どんな方なのか、もっと知りたい。

「レオ・ヴェルフ将軍と結婚いたします」

この時、わたくしはしっかりと自分の意思でそう決めた。

お兄さまは目を細めた。

「いいんだね？　ヴェルフ将軍は母上が言うように身分が低いけど」

「構いません」

「あんまり贅沢《ぜいたく》もできないと思うよ」

「そんなの、もともと慣れておりませんもの」

「軍人だから、価値観や考え方がリーフェとは違うかもしれない」

「軍人ではないお父さまとお母さまの価値観や考え方も、わたくしは相容《あいい》れませんでした」

不安も恐れもある。

けれど、希望も期待もある。

……もしかしたら、そこにこそ、「イアルの娘」ではない「リーフェ」としての人生があるかもしれないと。

「こうなったら、わたくし、頑張ります！　なんとしてもヴェルフ将軍をわたくしにメロメロにし、この手で幸せを掴《つか》み取ってみせます！」

ぐっと拳を握りしめて力説すると、お兄さまはパチパチと手を叩き、「さすが僕の妹だ」と笑顔で讃《たた》えてくれた。


【今日の夕食の覚え書き】

固いパン、水。

お母さまが荒れていて、食事どころではなかった。いえ、わたくしとお兄さまは「食事どころではない」なんて精神状態からは程遠かったのだけれど、料理人も数少ない屋敷のメイドも、お母さまの剣幕に恐れおののいて逃げ出してしまったのだ。

いつも誇り高く物静かな方が爆発すると、手がつけられないということがよく判った。それだったら普段から少しくらい賑《にぎ》やかに過ごすほうがいいのではないかという気がする。これからの戒めにしよう。

仕方ないので、お兄さまとパンを分け合って食べた。

黙々と固いパンを噛《か》みしめながら、ヴェルフ将軍のもとに嫁いだら、もう二度とこの家には戻るまい、と誓いを新たにした。

無理やり結婚を決められてしまった将軍にはお気の毒だけれど、あちらにも覚悟を決めていただかなくては。

わたくし、頑張りますから！

○月　○日
いよいよ明日はお嫁入りだ。

だというのに、わたくしの準備はろくに整っていない。言わずもがな、お母さまがまだ怒っていらっしゃるからである。

ヴェルフ将軍からは、きちんと礼に則《のっと》った丁寧な結婚式への招待状が届いたというのに、両親はそれを使者の前で破り捨ててしまったらしい。

その前には、挨拶のために屋敷を訪れたご本人までも追い返していたと聞き、わたくしは恥ずかしくて顔から火の出る思いだった。

ヴェルフ将軍だって決してこの結婚を望んでいたわけではなかろうに、それでもできるだけ誠実に対応しようとしてくれている。それに対してなんと失礼な仕打ちだろう。

そんなことをするのだったら、着ていく衣装がない、と正直に話せばいいのに。

「これでは、結婚前から、将軍のわたくしに対する印象は最悪なのではないかしら」

お兄さまに泣きつくと、よしよしと慰められた。

「まあ、リーフェについてはある意味すでに最悪だから、今さら何があってもさほど変わらないよ」

「すでに最悪!?　ど、どういう意味!?」

「あ、いやいや、なんでもない。とにかく、結婚式にはちゃんと僕が出席するから」

「それでヴェルフ将軍は許してくださると思いますか？」

「父上と母上から直接罵詈雑言《ばりぞうごん》をぶつけられるよりはマシじゃない？」

「なんだかとてつもなく低い位置からのスタートだという気がしてきました」

「地の底からはじまったほうが、後は上に行くしかないんだからかえって気が楽だよ」

「そこまで低いのですか!?」

わたくしは愕然《がくぜん》とした。

いくら王命による結婚だとはいえ、はじまる前からそれほど悲惨だとは思わなかった。何がそんなにいけなかったのだろう。両親のことはともかく、今までまったくと言っていいほど社交の場には出て行かなかったから、わたくし自身の評判なんて流れようがないはずなのに。

あ、もしかして、滅多に人前に出ないから、ものすごく偏屈な人間だと思われているとか？　そんなことはないのです将軍。社交の場に出なかったのはただ単に着るものがなかっただけで、本当はお茶会や夜会には憧れがあるのです。女性同士のお喋りにも、食事にも、お菓子にも、とっても興味がございます！

「明日、ヴェルフ将軍にお会いしたら、お兄さまからも誠心誠意謝っておいてくださいね」

「ん？　うんうん、そうだね、どんな料理が出るんだろうね。楽しみだなあ」

「ダメだわ、当てになりそうもないわ……！」

すっかり明日の結婚式の料理に心が飛んでいるらしいお兄さまは、わたくしの言葉がほとんど耳に入っていなかった。この分だと、思う存分ご馳走をお腹に詰め込んだ後は、両親のことどころか、わたくしのことだって忘れ果てているに違いない。

羨ましい！　本当はわたくしだって、何も考えずに目の前のお料理を堪能したい！

でも、もしもわたくしがお客さまの前で一心不乱に食事をしていたことが露見したら、ただでさえ頭に血がのぼっているお母さまがどんな行動に出るか予想もつかない。ひょっとしたら王命に背いてでも、わたくしを引きずって屋敷に連れ帰るかもしれない。

それを頭に思い浮かべたら、ぞうっと背中が寒くなった。

いいえ、やっぱりダメダメ、明日は涙を呑《の》んで食べるのを我慢しよう。悔しいけれど！　悲しいけれど！　心の底から無念だけれど！　お客さま方が帰った後ならもしかすると食べるチャンスがあるかもしれないわ！

そこで、ふと思い出した。

……そういえば、結婚式の後は、いわゆる「初夜」というものがあるのではなかったかしら。

一応そこまでの知識はあるものの、具体的にはまったく判らない。物語の中でもそこはやけに曖昧に濁されていて、何がなんだか判らないうちにチュンチュンと鳥が鳴いて朝を迎えていた。ベッドに入ってから鳥が鳴くまでの間に、おそらくなんらかの行為が挟まれているはずなのだけれど。

普通そういうものは母親からこっそり教わるらしい。でも、今の状態のお母さまには、とてもじゃないけれど怖くて聞けない。だとしたら誰にご教示願えばいいのだろう。

「あのう、お兄さま」

「ん？」

「お兄さまはこれまで何人も女性を騙《だま》……女性とお付き合いしていますよね？」

「自分に向けられる好意と善意はいつもありがたく頂戴しているよ」

「そのう……でしたら、だ、男女間のあれこれについても詳しいと……」

顔を赤くしてもじもじ両手を組み合わせながら言うと、お兄さまは少しきょとんとしてから、「あ、なるほど」と破顔した。

「平気だよ、それなら将軍にすべて任せておけばいい」

「そういうものですか」

「リーフェはじっとして、たまに恥じらってみせれば大体のところは大丈夫」

「そんな簡単なものなのですか」

軽い調子で言うお兄さまに安心して、ほっと息を吐き出した。なんだ、思っていたよりもすんなり進みそう。なにしろヴェルフ将軍にはわたくしにメロメロになっていただかなくてはいけないのだから、最初が肝心なのだ。頑張ろう。よく判らないけど。

「明日は忙しいだろうから、今夜はよくお休み」

お兄さまはわたくしの頭を撫《な》でるようにぽんと小さく叩いた。

——いよいよ明日、わたくしはレオ・ヴェルフ将軍の妻になる。

【今日の夕食の覚え書き】

何もなし。

お母さまがとうとう倒れてしまい、お屋敷中が大騒ぎだからだ。

明日の式でも食べられないのに、絶望のあまりわたくしも倒れそう。

お腹がすいた。

＊＊＊

「……あら、まあ」

部屋を片付けていたリーフェが、ぴたりと動きを止め、素っ頓狂な声を上げた。

「どうしました？」

同じく棚の中を整理していた俺は、彼女のほうを向き、問いかけた。

リーフェがうふふと楽しそうに笑って、くるりとこちらを振り返る。そして、手に持っているものを胸の前で掲げるようにして見せた。

そこには、見覚えのない薄いノートがあった。

「お嫁入りの時に実家から持ってきた荷物の中に、懐かしいものを見つけたのです」

「懐かしいもの？」

「日記帳です」

そう言いながら近くに寄ってくる。日記帳……と呟いて、俺はそれに視線を向けた。

「あなたに日記を書く習慣があったとは知りませんでした」

結婚してから、彼女が日記をつけている姿を見たことがない。遠慮していたのだろうか。

「あら、いいえ、習慣というほどではないのです。特にやることがない時の暇潰しのつもりで書いていたので、日付もぽんぽん飛んでいますのよ。何かをしていたほうが、空腹もまぎれますしね。こちらのお屋敷に来てからは、毎日が目新しいことばかりで、そんな暇なんてございませんでしたの」

それに、と付け加えて少し笑う。

「……本当に嬉しいこと、楽しいことは、目と心のほうに残しておけば十分だという気がしたのです。文字にすると、その瞬間にちょっとだけ何かが変わってしまうように思うのですもの」

「なるほど」

文字にすると何かが変わる。それはそれで一つの真理かもしれないな、と俺は内心で思った。

「でもやっぱり、後で読み返すと面白いこともありますね。この日記、結婚式の前日まで書いていたものなのですけど、懐かしいやら可笑《おか》しいやらですわ。どうぞレオさまもご覧になって」

そう言いながらリーフェがノートを差し出してきたので、俺はちょっと慌てて手を振った。

「駄目ですよ。いくら夫婦でも、人の日記を見るわけにはいきません」

「あら、勝手に盗み見るわけではなくて、書いた本人がどうぞ見てくださいなと申しているのですから、大丈夫ですわ。それに、レオさまに見られて困ることは書いておりません」

「しかし――」

「結婚前、わたくしがどんなことを考えていたか、メイネスの家ではどんな風に過ごしていたか、これで少しはお判りになるのではないかと思って。レオさま、気にしていらしたでしょう？　レオさまはお仕事柄、お話しになれないことも多くあるのでしょうけれど、わたくしは自分のことをなるべく多くレオさまに知っていただきたいのです」

そこまで言われてしまったら、頑《かたく》なに拒絶することはできない。

俺は少しためらいながら、そっとその日記帳を彼女から受け取った。

書かれている量はあまり多くなかったので、読み通すのにさほど時間はかからなかった。

本当に気が向いた時や、喜んだり悲しかったり怒ったりした時にだけ、したためていたものらしい。

たぶん、そうすることで、あちらの家では表に出しづらかった感情を制御しようとしていたのだろう。自分の中に閉じ込めておくだけだと苦しくなってしまうことを、文章にするという手段で吐き出すようにしていたわけだ。

そう思うと、記されている文字の一つ一つが愛《いと》おしく思えてくる。この中にある姿もまた、彼女そのものだ。毎回文末に「今夜の夕食の覚え書き」がついているのも含めて。

てっきり自分と一緒に笑い飛ばしてくれるものだと思ってにこにこしながら傍らで待っていたリーフェは、読み終わった俺が難しい顔をしているのを見て、途端に不安そうな表情になった。

「あの……ご不快にさせてしまいました？　両親のことで……ごめんなさい、こんなものをレオさまにお見せして、やっぱりわたくし無神経でしたかしら」

「え？　いやいや」

しゅんとするリーフェに、俺は急いで首を横に振った。

「そんなことはまったくありませんよ。以前はともかく、ご両親との関係も今は大分改善されてきましたし」

俺がどんなに求めても面会を拒んでいたリーフェの両親は、現在ではかなり態度が軟化した。きっかけは言うまでもなくラドバウト王に召し上げられそうになった例の件で、二人ともあの時にいろいろと思うことがあったらしい。

イアルの血にこだわりすぎるところはあるが、あの両親は決して愛情がないわけではないのだ。

今日のパーティーにも、二人で出席するという返事を貰《もら》っているので、リーフェとともに精一杯もてなす予定である。だからこそ彼女も、もうこの日記を俺に見せて問題ないと判断したのだろう。

「すみません、怒ったわけではないんです。ただ、ちょっと考えごとを」

「考えごと？」

きょとんとするリーフェに、俺は日記内の文章を指差した。

——この広い世界を上のほうから見てみたいの、鳥のように。

「これがリーフェのいちばんの望みなんですよね？　それをどうすれば実現できるかなと思って……さすがに空からというのは無理なので、山……いや、そこまで登るのは大変だから、せめて高台に……しかし、このあたりだと……」

ぶつぶつと呟きながら考えを巡らせていたら、唇の動きを止めるように細い指の先がふわりと触れた。

口を噤《つぐ》んでリーフェを見ると、困ったような笑みを浮かべている。

「あのね、レオさま。わたくしの願いを叶《かな》えてくださるという、そのお気持ちは嬉しいのですけど、そんなに慌てなくてもよろしいのです。夢はどんなに長いこと置いておいても腐ったりしませんもの。むしろ時間をかけるほど、大きく膨らんだり、増えていったりするものではございませんか？」

「そうかもしれませんが……でも」

「それに正直なことを申しますと、レオさまと結婚してから、次々に願いが叶っていくことに、少し怖いような気持ちもあるのです。この幸せを、いつか当たり前のものだと思うようになったらどうしよう、って。今の自分が幸せであるのを忘れてしまうほど、不幸なことはありませんわ」

「……そういうものですか？」

目を瞬いて問うと、リーフェはゆっくりと頷いた。

「わたくしはそう思います。メイネスの家にいた時、不幸だったというわけではないのですけど、いつもいろいろなものが足りない気がしておりました。けれどだからこそ、溢《あふ》れるくらいたくさんの夢や願いがあったというのも事実です。すべてが満ち足りてしまったら、人生はちょっぴり退屈になってしまうのではないでしょうか」

その意見に、俺は「うーん」と首を傾げた。

「俺はリーフェにはいつでも満ち足りた気分でいてほしいですけどね」

「もちろん、今のわたくしは毎日が幸せです。ですけど、やりたいこと、憧れること、興味のあることはまだ多くございます。レオさまのことも、もっともっと知りたいと思っておりますのよ」

「俺のことですか。たとえば？」

「そうですね……たとえば、第六将軍のレオさまは、いつの間にこんなにも国王陛下のご信任を得られたのだろう――とか？」

悪戯《いたずら》っぽくそう言ってリーフェが視線を巡らせた先には、山のように積まれたアルデルト王からの祝いの品がある。

山というか、ほとんど山脈だ。リボンをかけられた大小の箱の中に入っているのは、すべて子ども用品なのだという。「何が必要なのか判らんから、思いついたものをぜんぶ贈っておいた」と無造作に言われた時には、まさかこんなにも数があるとは想像もしなかった。

国王陛下からの贈り物を無下に扱うわけにもいかず、かといって俺の小さな屋敷の面積には限りがあるので、今もリーフェと手分けして、少しでも収納場所を空けるためせっせと部屋の片付けをしていたところなのだ。

「……ヴィム殿が陛下の近侍をしておられるから、その妹であるあなたの子のことも気にかけていらっしゃるんでしょう」

「それだけでは説明がつかない量ですね。出産祝いというのは名目で、まるで何かの功績に対するご褒美のようですわ」

「いや……」

困って俺が口を閉ざすと、リーフェはぷっと噴き出した。

「まあ、よろしいです。わたくしに内緒で、兄と仲良くすることにばかり時間を費やしているのは、少々腹立たしく思っておりますけども」

「仲良くしているわけではないです」

「隣国から王女さまがお輿入《こしい》れされるまで、もう半年もないのですもの。いろいろとお忙しいのでしょうね」

いろいろと、の部分をちょっとばかり意味ありげに強調されたが、俺は頭を掻《か》いてそれを聞き流すことにした。アルデルト王と隣国の第六王女との婚姻は、妻とはいえ人には言えない機密を多く含んでいる。くだらなすぎて言えないことも同じく多いが。

「最近では、お手紙のやり取りで陛下と王女殿下のご親交も深まっているご様子だと、兄から聞きましたわ。一国民としても、喜ばしい限りです」

「親交……そうですね」

これくらいは言ってもいいかな、と考えて、俺は口を開いた。

「実は、あちらの王女殿下には、姿絵というものがなくて」

「あら」

「このままではどのようなお顔をしているのか判らないので、今からでも描かせて送ってほしいと陛下がお相手に要望を出したそうなんです」

「まあ、それで？」

「しばらくして隣国から絵が届いたんですが、それがその、なんというか……非常に自由奔放で独創的な……一言で言うと大変にヘタクソな絵でしてね」

「…………」

「その絵にぺらっと一枚、王女殿下のご署名とともに『自画像です。一生懸命描きました』と書かれた手紙が添えられていたと――」

「へ、陛下はお怒りに？」

「怒りはしませんでしたが、ご自分も筆を執り、自画像を描いて送り返していました」

そちらはなかなか上手だったが、描かれた人物は、アルデルト王本人に似ても似つかない顔になっていたらしい。

子どものようなところがある似た者同士、良い夫婦になりそうではないですか、とヴィム氏が大笑いしていた。

お二人の交流は大体そんなものばかりである。それを「親交を深める」と表現するのはいささか憚《はばか》られるが、それなりに相手に対する理解度は進んでいるのではないか……と思う、たぶん。

「……でもそうだな、一つだけ、リーフェに重要な秘密を漏らしましょうか」

「えっ？　は、はい。なんでしょう」

さっと緊張の色を浮かべたリーフェの耳元に唇を寄せ、俺は声をひそめて囁《ささや》いた。

「陛下はね、そのヘタクソな王女殿下の絵を、わざわざ額に入れて自分の部屋に飾っているんですよ」

リーフェは目を丸くしてから、楽しげに笑い出した。

「ノーウェル国の未来は明るそうですね、レオさま」

「まったくです」

明るいものになるといい——と、俺も心から願っている。

「まあまあ、なんです、ちっとも片付いていないではありませんか」

リーフェと二人で笑っていたら、扉を開けたままにしておいた入り口にアリーダが立って、叱るように言った。部屋の中をぐるりと見渡して、呆れた顔をしている。

「どうせこんなことだろうと思いましたけど！　もういいです、ここはまた後日に私が片付けますから、お二人ともそろそろ準備をなさってくださいまし。お客さまがいらした時に、ご夫妻でお出迎えしていただかなきゃいけませんからね。お嬢さまはさっきからずーっとお利口さんで待っていらっしゃいますよ」

ねえ、と同意を求めるように、腕に抱いた赤ん坊を覗《のぞ》き込む。だあ、という小さな返事があって、アリーダは今にもとろけそうなくらい頬を緩めた。

「まあ、ご機嫌ね、ユリア」

リーフェも近づいて、ちょんと指先でぷくぷくした頬《ほ》っぺたを突っついた。

顔は母親似だが、髪と目は俺の色を受け継いだ娘のユリアは、あまり泣かず、人見知りもしない性格だ。はじめは心配になるくらい小さかったが、ごくごく乳を飲んで、日々健やかに成長している。

——今日はこの屋敷で、ユリアが生まれた祝いのための宴《うたげ》を開くのだ。

招待客はヴィム氏とメイネスの両親、遠い領地で暮らす俺の父親も、遅れて到着することになっている。そしてマース夫妻にも声をかけたら喜んで出席すると返事をくれた。ようやく彼にもリーフェを紹介することができそうで、ほっとしている。

この日のために、リーフェとアリーダとロベルトは、一月も前から何度も何度も頭を寄せ合い献立について相談していた。当日のお楽しみ、と言われているので俺は詳細を知らないが、きっとリーフェが読んだ本の挿絵にも負けないくらいの数々の料理が、借りてきた架台式のテーブルいっぱいに並べられることだろう。

「じゃあ俺がユリアを見ているので、まずはリーフェの準備を先に——」

と言いかけたら、今度はロベルトがおずおずと扉の向こうから顔を覗かせた。

「あの……旦那さま、奥さま」

妙に遠慮がちだ。「どうした？」と俺は首を傾げ、リーフェは「お料理に何か問題でも？」と不安そうな表情になった。

「いいえ、そちらのほうはまったく問題ないのですが……ですがその、先程、ヴィムさまがいらっしゃいまして……」

「お兄さまが？　ずいぶん早いのね。もしかして、厨房《ちゅうぼう》でつまみ食いでも？」

「いえいえ。しかしあの、献立をお聞きになって、これでは一品足りないと……」

「一品足りない？」

同時に声を出した俺とリーフェに、ロベルトはますます困り果てたようにもじもじとエプロンの裾を握った。

「あの……豚の丸焼きがないと……」

「…………」

「それで、マルリースの小屋のほうに向かわれて」

「まあ、お兄さまったら！」

リーフェが大声を上げ、ついでに眉も吊《つ》り上げた。

「レオさま、わたくし、あの不届きな兄をただちに成敗してまいります！　パーティーの招待客の名簿から、兄の名前を抹消しておいてくださいまし、永久に！」

憤然としてそう言うと、愛豚を救うため颯爽《さっそう》と駆け出していった。ロベルトが慌ててそれを追いかける。「お手柔らかに」と俺は言ったが、彼女の耳に届いたかどうかは判らない。

「――君のお母さまは、なんとも勇ましいね」

アリーダの手からユリアを受け取って抱き、話しかける。リーフェそっくりな顔が、俺の色を持つ瞳をぱっちり開けて、きゃきゃきゃきゃと笑った。さて、この豪胆な性格はどちらに似たのかな。

ユリアはこれからどんな女の子に育ち、何を思い、何を語るようになるのだろう。この子がリーフェくらいの年齢になった時、ノーウェル国はどのように変わっているのだろう。

俺はその時、娘に対して胸を張れるような人間になれているだろうか。自分のこと、リーフェとのこと、他にもたくさんのことを話してやれるだろうか。

やりたいこと、憧れること、興味があることはまだ多くある——か。

「なるほど」

ふっと笑って、納得した。

だからこそ、溢れるほどたくさんの夢や願いがある。

俺の最愛、俺の希望、俺の奇跡は、いつだって本当のことしか言わない。

「今日のことも、リーフェの心の日記に鮮やかに残されたらいいね、ユリア」

ユリアは花のような笑顔で、「だ！」と元気よく返事をした。

あとがき

こんにちは、雨咲はなと申します。

このたびは、本書『末端将軍の希なる花嫁　没落した姫君との幸せな政略結婚』をお手に取っていただき、まことにありがとうございます。

このお話は、「史上最悪」とまで言われる暴虐王が支配するノーウェル国で、不本意ながらも第六将軍となってしまった主人公・レオが、王命で結婚を決められてしまったところから始まる物語です。

お相手は、前王朝の流れをくむ由緒正しきご令嬢、リーフェ・メイネス。

将軍とはいえ身分の低い自分とは完全に釣り合いの取れていない組み合わせなので、レオは困惑しかありません。しかも顔を見たこともないその女性は、なにやら良からぬ噂もいろいろと囁かれています。

結婚することになったからにはどんな相手でも精一杯大事にしないと、と悲壮な覚悟を決めるレオですが、実際の彼女は当初の予想を軽々と吹っ飛ばす人物でした。

レオが率いる第六軍は、ノーウェル国の軍では最も下の位置にあり、そこの将に据えられた彼の立場も決して良いものではありません。王からも、他軍からも馬鹿にされ、侮られ、いいように利用されたりもします。

逆に、結婚相手であるリーフェが生まれたのは、途絶えた「イアル王朝」の血を引くメイネス家。同じ貴族からも憧れられるくらいの伝統と格式の高さを持っていますが、実態はすでに零落しきって、日々の糧にも事欠く有様です。

末端の将軍と、血筋だけは立派な貧しい姫君。軍人としての誇りを踏みにじられてきたレオと、イアルの誇りに頭を押さえつけられてきたリーフェ。

式の時が初対面という二人ですが、少しずつお互いのことを知るに従い、次第に絆を深めていき、危機が訪れた時にはそれぞれが自分にとっての大事なものを守るため、戦いを決意することになります。

彼らの選択の行方が最終的にはどうなるか、皆さまにも少しだけハラハラしながら見守っていただけましたら嬉しいです。

最後に、華やかで美麗なイラストを描いてくださったwhimhalooo先生、書籍化の過程でお世話になったすべての方々、そしてこの本を手にしてくださったあなたに、心よりお礼申し上げます。

雨咲はな

末端将軍《まったんしょうぐん》の希《まれ》なる花嫁《はなよめ》
没落《ぼつらく》した姫君《ひめぎみ》との幸《しあわ》せな政略結婚《せいりゃくけっこん》

2023年7月5日　初版発行

初出……「末端将軍の希なる花嫁～没落した姫君との幸せな政略結婚～」
小説投稿サイト「小説家になろう」で掲載

著者　雨咲はな

イラスト　whimhalooo

発行者　野内雅宏

発行所　株式会社一迅社
〒160-0022 東京都新宿区新宿3-1-13 京王新宿追分ビル5F
電話　03-5312-7432（編集）
電話　03-5312-6150（販売）
発売元：株式会社講談社（講談社・一迅社）

印刷所・製本　大日本印刷株式会社
ＤＴＰ　株式会社三協美術

装幀　百足屋ユウコ＋フクシマナオ（ムシカゴグラフィクス）

ISBN978-4-7580-9548-8

おたよりの宛て先
〒160-0022 東京都新宿区新宿3-1-13 京王新宿追分ビル5F
株式会社一迅社　ノベル編集部
雨咲《あまさき》はな 先生・whimhalooo《ウィムハルー》 先生